불온한 파랑

불온한 파랑

정이담 소설

황금가지

차례

1

은하는 잠수사의 딸이었다.

아버지의 장례식에서 해수를 처음 만났다. 할머니와 둘이 온 그 애의 낯빛은 허옜다. 은하의 옆 머리를 고정한 흰 리본이 흔들렸다. 상복은 거추장스러웠다. 바다가 삶의 터전이던 아버지가 사라졌다. 친구들이 찾아와 울었다. 모르는 어른들이 화를 내고 흐느꼈다. 이곳이 어디인지 실감 나지 않았다. 은하는 손바닥을 꼬집으며 빈소에 등을 기댔다. 눈이 건조했다. 낙엽이 일그러질 때처럼 가슴이 헛헛했다. 아버지의 관은 텅 비었다. 시체가 없어 바닷가 흙 한 줌만 관에 넣었다. 은하는 그걸 아버지라 부를 수 없었다. 누구의 장례인지 실감나지 않아 국화꽃 더미로 번지는 푸른 향불만 쳐다보았다. 배가 쌀쌀할 즈음 교복을 입은 해수가 들어왔다. 그 애는 은하와 동갑이었고, 할머니를 부축하며 들어왔다. 연세가 지긋한 노인만큼 해수도 앙상했다. 식음을 전폐한 사람 같았다. 해골처럼 파인 두 사람의 눈들이 마주쳤다. 문지방을 넘는 희미하고 빈 동공, 무릎이 불편한 조모가 주름진 손으로 올리는 기도. 해수는 그 곁에서 파랗게 질렸다. 해수는 은하보다 한 뼘 작았다. 그 애가 마른 손목을 들어 헌화했다. 연기가 부서지며 흰 꽃잎들이 우수수 떨렸다. 그 애가 이를 악물자 등뼈가 도드라졌다. 박물관에 전시한 낡은 고래 화석처럼 투박했다. 에스키모들은 고래는 잡는 게 아니라 잡혀 주는 것이라고 말했다. 착취당할 바엔 몸을 던지는 게 고래일까, 제 잔해가 세계를 돌며 전시될 줄은 알았을까. 유리관 속 뼈를 보며 그런 생각을 했다. 뼈가 내는 불협화음이 들렸다. 해수가 다가오는 소리였다. 고개를 들지 않아 정수리만 선명했다.

아버지가 하루아침에 사라졌다. 그 애의 언니 때문이었다.

창백하게 질린 해수의 입가가 보였다. 꽉 틀어쥐어 핏줄 돋은 엄지, 잔 물집 터진 손톱, 비늘 인 살갗에 떨어지는 눈물……. 무언가 쿵, 추락하는 소리가 들렸다. 은하는 오른쪽으로 눈을 굴려 영정을 찾았다. 아버지의 얼굴은 그을렸고 거칠었다. 사진 속 아버지는 환하고 어색한 웃음을 짓는다. 은하는 해수와 느린 속도로 맞절했다. 고꾸라질 것처럼 목덜미가 무거웠다. 그 애가 엄지와 검지 사이를 손톱으로 할퀴었다. 시야가 캄캄하며 습한 바다 냄새가 풍겼다. 쉰 내나는 바다 향……. 그게 해수와 은하 사이를 메웠다. 둘의 첫 만남이었다.

해수의 언니와 은하의 아버지 모두 사체를 찾지 못했다.

실종된 해수의 언니를 구조하다 은하의 아버지도 사고를 당했다.

사람들은 은하의 아버지를 의인이라 불렀다. 아버지가 그리 불리길 원했는지 은하는 알 수 없었다. 그는 한 명의 산업 잠수사일 뿐이었다.

잠수사는 탁한 물로 입수했다. 스쿠버 다이빙과 달리, 맑은 물이 없는 이곳에선 남들보다 강한 폐가 필요했다. 어깨를 짓누르는 장비들을 사슬로 고정시켜 바지선을 탔다. 입수할 땐 탯줄이라 부르는 선 하나에 의지했다. 깊은 바다는 차가운 단색이었다. 사람들은 유령 같은 푸른 빛으로 돌아다녔다. 녹조류가 만개한 부유물 사이를 떠돌면 저승의 안개조차 평범했다. 머리를 아래로 하면 두통이 쉽게 왔다. 근육을 압박하는 물살을 헤치려 기를 쓰니 명이 몸 바깥으로 빠져나갔다. 잠수사들은 금방 늙었다. 소금이 피부를 절이고 수압에 혈맥이 얼어맞아 죄다 멍들었다. 영혼의 부스러기들이 굴러다니는 곳에서 일한 대가였다.

일당을 높여도 인력은 언제나 부족했다. 가혹한 환경에서 일하고자 하는 이는 소수였다 자맥질을 반복할수록 발진이 올라 몸뚱이의 한계를 직면하는 경우도 있었다. 건장한 체격의 소유자라도 거센 조류엔 쉽게 휘날렸다. 물속에선 숨소리만 고막을 메웠다. 고요 속 노동은 혹독했다. 세상이 아득할 때의 고독을 견디는 자들만 잠수사가 되었다. 방향을 가리키는 로프와 선상에서 호흡줄을 잡는 동료들만 의지했다. 거대한 바다에서 인간은 한낱 점이었고, 미약한 점들의 연대를 통해서만 탐험이 가능했다. 수심 아래 흔들리지 않는 이가 없었으므로 인간은 서로를 붙잡아야 했다.

취수관을 보수하던 중 아찔한 순간이 있었다. 기다란 관은 조개류와 포자, 이끼, 모래들이 붙어 녹슬었다. 짓무른 딱지들의 지층처럼 변색된 표면 틈으로 파열구가 보였다. 수리를 위해 허리를 굽히자 따끔한 통증이 어깨로 몰렸다. 몸이 앞으로 나아가질 않았다. 펌프 프로펠러에 산소통이 걸린 모양이었다. 아버지는 동작을 멈추고 신호를 보냈다. 섣불리 움직였다간 감전될 수 있었다. 위기 상황에선 체력을 아끼며 구조를 기다려야 했다. 라이트를 비추자 딱 한 치 앞이 밝았다. 육안으로 볼 수 없던 생물들의 군락이 펼쳐졌다. 작은 눈동자들의 무덤 같았다. 그는 그것들과 시선을 맞추며 가만히 분초를 보냈다. 갑자기 등골이 섬찟하더니 몸에 경련이 왔다. 공기 호스가 꼬였다. 머리로 피가 쏠리며 주마등이 휙 스쳤다. 장비를 풀고자 했지만 마음대로 되지 않았다. 의식이 흐렸다. 수중 용접을 할 때 튀던 아크 불꽃이 보였다. 그 푸르고 번뜩이는 광채……와 동시에 굉음이 울렸다. 아버지는 그걸 별이 태어나는 소리로 착각했다. 기절 직전 동료 잠수사가 그를 끌어당겼다. 몽롱한 의식 속에서 아버지는 그를 큼지막한 입과 눈동자를 가진 고래로 착각했다. 기도가 열려 의식을 찾았을 때 아버지는 농담했다.

"바다의 신이 왔었는지도 모르지……."

그 후 그는 은하의 이름을 작명했다. 사람이 오리라는 믿음이 절실한 순간 발견한 빛은 별의 강줄기처럼 찬란했다. 죽음으로 입수하는 공포를 극복한 경험을 따라 첫 아이의 이름을 지었다. 사랑하는 아기의 이름을 부를 때마다 서로를 구하러 뛰리라는 확신이 떠올라 다음 잠수가 가능했다.

은하도 아버지를 닮아 수영을 곧잘 했다. 그러나 우연히 한 여인의 익사체를 목격한 후 물 공포증이 생겼다. 아버지의 일터에 휴가차 놀러 갔다 생긴 일이었다. 가족들이 이웃과 어울려 얼큰하게 취한 걸 보고 홀로 밤 산책을 떠났다. 검게 물결치는 바다와 제멋대로 깎인 암석 밭을 거니는 중 멀리 웬 푸른 불이 어른거렸다. 우주를 수놓은 눈물처럼, 음산한 도깨비불처럼 신비한 색이었다. 그게 움푹 팬 바위 밑을 눈부시게 빛냈다. 은하는 홀린 듯 그곳으로 다가갔다. 찬란한 빛 속을 들여다보곤 비명을 지르며 주저앉았다. 전신이 허옇고 눈두덩이가 보랏빛인 여성이 사지를 늘어뜨린 채 둥둥 떠 있었다. 목에는 벌건 출혈 자국이 있었다. 신고를 받은 구조대와 경찰이 달려와 수습했지만 은하는 밤새 얼굴이 찾아오는 악몽에 시달렸다. 살해된 시체의 모습은 평온했지만 언제고 흰 게거품을 쏟으며 발악할 것 같았다. 나중에 그 푸른 빛은 갯반디라는 동물이었음을 알았다. 보통은 태평양 연안에 서식해 한국에선 발견하기 힘든 생물이었다. 어째서 그날 그토록 수많은 동물의 빛이 몰렸는지 난감했다.

그날부터 죽음을 경계하는 습관이 생겼다.

은하의 아버지도 때로 물에서 죽은 이들을 인양했다. 공허한 물속에서 뒤틀린 몸과 얽힌 그를 상상하면 은하는 소름이 끼쳤다. 울며불며 아버지에게 가지 말라 떼쓰기도 했다. 누구도 시키지 않는데 끔찍한 물로 들어가는 아버지가 야속했다. 물에 사로잡힌 사람들은 본래보다 크고 투명하게 변했다. 아버지가 희멀건 것들에 끌려갈까 두려워 은하는 그를 붙잡았다. 그때마다 아버지는 은하를 설득했다.

"내가 안 가면 누가 들어가냐……. 수십 년 동안 날 받아
준 게 바다인데. 질릴 때까진 계속 가야지. 널 지금까지 먹
여 살리고 내가 살아온 터전이 바다인데."

그래도 은하는 고집을 부렸다. 쉽게 꺾일 기세가 아니자
아버지는 부엌에서 매운탕을 한 솥 끓였다. 흰 생선 살을
발라 밥숟갈에 얹더니 국물을 적셨다. 눈물 콧물 범벅인
아이의 입에 그걸 대었다. 입을 벌려 받아먹으면 매콤한 냄
새가 코를 찔렀다. 따끈한 고춧가루의 맛이 혀뿌리에 퍼졌
다. 오동통한 살의 식감은 보드라웠다. 국물이 배일수록 고
소하고 단맛이 났다.

"생생하지. 이게 진짜 바다란다."

은하는 코를 훌쩍이며 아버지가 떠주는 숟갈을 다 받아
먹었다.

"매운탕의 맛이 말야, 정말 달라. 적막한 물에서 동료가
쥔 줄을 더듬어 나오면 주방장들이 닭이나 갓 잡은 고기를
펄펄 끓여 기다리거든. 그때 들이켜는 뜨끈한 국물 맛은 일
품이야. 아마 그래서 그럴 거야. 바다로 돌아가고…… 다시
돌아가는 이유는……. 물속에서 한 시간도 못 버티는 인간
이란 참 별거 아닌데……. 절박하면 제일 믿을 것도 인간이
거든."

＊

그는 평생 딱 한 번 일을 중단한 적 있었다. 절친한 동료가 원전 펌프 수리 중 가동된 기계에 빨려 들어갔다. 작동 중단 요청을 했는데도 관계자들이 거부했다. 안전망도 설치되지 않은 환경이었다. 심지어 3인 1조가 원칙이었음에도 동료는 인력 절감이란 이유로 혼자 투입되었다. 그래서 변을 당했다. 아버지는 그 잔해를 수거해야만 했다. 이틀 동안 찾은 동료의 살과 뼛조각은 겨우 한 줌이었다. 친구의 목숨값으로 작동할 취수구 앞에서 그의 안압이 높아졌다. 뭍으로 오른 심신은 무거웠다. 무언가로 꽉 찬 몸이 금방이라도 터질 것 같았다. 체임버에서 신체 압력을 재조정해야 했다. 그동안 바다가 점점 낯설었다. 작업을 지시했던 기업은 자신들의 과실이 아니라며 시신을 찾는 데 두 시간만을 허락했다. 120분 동안 한 줌이 돌아왔다.

그 후 아버지는 출근하는 대신 모래톱에 앉아 흙을 만졌다. 유해를 쥐었던 손의 감각을 지우려는 듯 고슬고슬한 흙을 파고, 쥐고, 흩뿌렸다가 다듬었다. 비가 오나, 바람이 부나 같은 자리에 앉아 손을 파묻었다. 해가 내리쬐면 달궈진 모래가 뜨거웠다. 은하는 그 속으로 내리꽂히는 아버지의 뭉툭한 손가락을 몰래 관찰했다.

　반 년쯤 지나 한 여객선이 침몰했다. 악천후에 정원 초과로 운행했다 난 사고였다. 소식을 들은 날, 아버지는 꿈을 꾸었다. 죽었던 친구가 등장했다. 그는 낯선 육체들이 떠도는 바다에 온전한 모습으로 나타났고, 부서지지 않은 손으로 아버지의 얼굴을 쓰다듬더니 이마를 천천히 부딪쳤다. 뼈와 뼈가 맞닿는 곳에 푸른 물줄기가 피었다. 그때마다 제야의 종처럼 긴 소리가 울렸다. 혹독한 추위와 단단한 포옹에 뱃멀미가 몰려왔다. 아버지는 소스라치며 깼다. 밤바람이 웡 창문을 흔들었다.

　다음 날, 아버지는 팀을 꾸려 현장으로 갔다.

　무더기로 쌓인 주검들을 객실에서 꺼냈다. 땀이 줄줄 나고 눈앞이 돌았다. 팔뚝에 피멍이 들 때까지 사람들을 꺼내고 또 꺼냈다. 선장도 있었고 승객도 있었다. 인간의 형체, 희미한 그림자, 손발톱의 일부라도 보이면 찾아갔다. 팔다리가 쑤시고 시체 향 풍기는 환영이 찾아와도 그만두지 않았다. 먼저 세상을 뜬 친구와 사명을 나눈 탓이었다.

　"물에 사람을 빼앗긴 기분을 아니까……."

　그는 그렇게 중얼거리며 잠수했다. 사람들을 꺼낼 때 가슴을 바로 세워 포옹했다. 둥둥 뜬 이목구비와 겨드랑이 밑에 손을 넣어 끌어안았다. 몸은 심장들이 닿을 만큼 가까 워졌다. 쉼 없이 움직여 물 밖으로 떠오르면 비로소 육체의 무게가 느껴졌다. 빛이 소실된 곳으로 들어가고…… 또 들어가고……. 구하고…… 또 구하고……. 무한한 자맥질 끝에 300명을 전부 건졌다. 마지막 몸을 끌어 찬 물 밖으로 나오자 흰 햇살이 비쳤다. 울어 뜨거운 몸의 유가족들이 다가와 손을 쥐었다.

이후 아버지는 복귀했다. 희망을 쌓는 법을 깨달은 덕택이었다.

은하는 더이상 떼쓰지 않을 만큼 자랐다. 그는 농담처럼 은하가 대학에 진학하면 은퇴하겠다고 했다. 뒤돌아서는 손주를 볼 때까지 일하고 싶어했다. 그의 삶이 바다이고, 바다가 그의 삶이었다.

은하는 고등학생이 되었다. 2학년 첫 학기가 한 달 정도 지났다. 다가올 봄 소풍에 용돈을 조르려던 참이었다. 밥상엔 구운 조기와 매운 찌개, 눅눅한 나물이 있었다. 아버지가 발라 둔 살을 은하가 집어먹었다. 부드러운 살이 어금니 사이에서 부스러졌다. 그때, 선체의 반이 잠긴 배와 주변을 떠도는 어선들이 뉴스에 나왔다. 학생들을 태운 배의 사고 소식이었다. 아침에 시작된 보도는 저녁까지 이어졌다. 국민들은 거대한 선두가 푸른 바닥을 드러내며 가라앉는 장면을 끝까지 지켜보았다. 화면에 눈을 고정한 아버지의 숟가락이 들렸다가, 툭 떨어졌다. 입에 닿지 못한 채 다시 들렸다가 뚜욱…… 올라갔다가 뚝 떨어지더니, 세게 딱, 따닥하는 소음을 만들었다. 수저의 뎅겅거림이 고조되는 동안 은하의 잇몸에 가시가 박혔다. 눈물이 찔끔 흘렀다. 혀로 그걸 옮아내느라 애쓰는데 아버지가 연신 읊조렸다.

"저렇게 구조하면 안 되는데……."

은하는 이를 벌려 잇몸을 살펴 달라 부탁하고 싶었다. 그러나 붉어진 눈으로 욕지거리를 뱉는 그에게 차마 알릴 수 없었다. 가시는 좀처럼 빠지지 않았다. 스스로 잇속에 손가락을 넣자 헛구역질이 났다.

그날 밤부터 아버지는 가시 박힌 사람처럼 밤마다 번쩍 잠에서 깼다. 방언을 쏟다가 찬 물수건을 머리에 대고서야 다시 누웠다. 얼굴은 자주 검붉었고 미간에 핏줄이 섰다. 은하와 동갑내기 아이들이 배에 갇힌 게 못내 마음에 걸렸다. 수백 구의 시신을 인양하는 과오를 왜 다시 만드냐며 길길이 뛰었다. 어머니는 그럴 바엔 차라리 떠나라며 도시락을 쌌다.

"네가 홀로 남았을 때 누구도 와 주지 않는 세상을 원치 않는다. 그러니 이번도 내가 가야 하겠지."

그는 이렇게 말하며 구조 현장으로 떠났다. 은하는 아버지가 분수에 맞춰 살자 했던 걸 기억한다. 희한하게 바다에선 모두가 순환했다. 이변은 그냥 발생하지 않으므로 언제나 겸손해야만 했다.

그런데 아버지는 왜 무리하게 된 걸까?

해수가 손을 내밀었다. 그 애는 생각보다 왜소했다. 은하는 그 애가 미울 줄 알았다. 하지만 해수가 손을 잡는 순간 눈물이 떨어졌다. 그 애의 손은 뜨거웠다. 고맙다는 말도, 미안하다는 말도 못하는 입술은 파랬다. 이 작은 아이가 견딘 그리움의 크기는 얼마만큼일까. 자신의 원망을 감당할 수는 있나. 은하는 제 분수가 어디까지인지, 해수의 몫은 어디까지인지 알 수 없었다. 해수의 손엔 고통이 새긴 흔적이 뚜렷했다. 상처와 상처가 부대꼈다. 그 간격을 감내하기 힘들었다. 팔목엔 푸른 피멍이 들었다. 푸르스름한 빛깔은 혈관이 산소를 잃은 자리를 증명했다. 봄이 파랗게 질렸고, 앞으로 몇 번의 계절이 그러리라는 비정한 예감이 들었다. 경추가 무거웠다. 은하는 그 손을 붙잡은 채 고꾸라졌다. 은하와 해수는 체구도, 키도, 검은 고무줄로 머리를 동여맨 것도 비슷했다. 그렇기 때문에 아버지는 이 아이의 언니를 구하러 떠났다.

그와는 자주 연락하지 못했다. 아버지는 3주에 한 번 어머니에게 전화하여 '아수라장이다.'라는 말만 남겼다. 몇 달씩 집을 비우는 건 보통이었기 때문에 은하는 이번에도 잠시 멀어질 뿐으로 생각했다. 그를 기다리는 동안 어머니는 생선을 다듬는 법을 가르쳤다. 미끌거리고 비린 몸을 씻는 일과 도마 위에서 뼈와 살 속으로 칼을 넣어 흠집 내는 건 달랐다. 은하는 손을 베지 않으려 애썼다. 물고기의 목을 쥐면 부푼 어안 속 검은 동공이 자신을 향했다. 아가미와 내장을 한 번에 빼내야 했는데, 고기와 눈을 마주치면 칼끝이 빗나갔다. 비운 속을 씻으면 뼈가 있던 흔적들이 만져졌다. 차고 물렁거리는 속에도 뼈 자국은 역력했다.

"심장의 피도 한 번에 빼야 해."

어머니는 아가미 사이로 칼을 넣고 눌렀다. 펄떡거리던 심장이 터지며 대야에 핏줄기가 찼다. 은하는 물고기의 마지막 숨을 바라보았다. 아가미를 뜯고 머리와 꼬리를 친 몸통은 매끈하고 눈부신 은색이었다.

아버지의 일기에서 '사람을 건질 놈들이 없다.'라는 문장이 나왔다.

높으신 분들이 와 동일한 잠수사가 가고 또 가는 광경을 배경으로 사진을 찍었다. 국가는 치료비를 지원할 테니 아버지에게 계속 들어가라 권했다. 아버지는 그날부터 누군가들을 그 새끼라 불렀다. 그 새끼들도 치료비가 필요할 만큼 위험하단 걸 알았다.

부고 전날 밤. 은하는 자살을 거듭하는 푸른 사람들의 꿈을 꾸었다. 섣부른 혼령들이 아버지의 머리를 쥐고 자꾸만 그의 비늘을 손질했다. 누군가들이 그걸 둘러서서 구경했고, 아버지는 얼굴이 새파래질 때까지 물속에 얼굴을 담갔다……. 그의 입에서 피가 빠지고 숨이 나올 때, 은하는 차라리 그가 풀려나 멀리 가길 바랐다. 담금질할 때마다 아버지의 몸엔 날카로운 상흔이 새겨졌다. 해진 천 쪼가리처럼 너덜거리는 아버지를 향해 은하는 소리쳤다. 그의 뼈를, 허파를, 아가미를 가만 두세요. 언제까지 그에게서 세월을 빼앗을 거예요.

해수의 언니를 수색할 줄을 설치하던 아버지는 급류에 휩쓸려 돌아오지 못했다.

해수의 언니도 찾을 수 없었다.

그의 죽음에 소란한 말들이 뒤따랐다. 누군가 고인을 몇백, 몇천 만 원이란 가격으로 불렀다. 살쾡이처럼 책임 소재를 떠넘길 이를 물색하는 사람들도 있었다. 면피하지 않으면 제 범죄가 드러나기 때문이었다. 그들은 아버지와 너머의 죽음을 두려워하며 희생양을 찾았다. 표적은 구하지 않은 자가 아닌 구한 자들이 되기 쉬웠다. 아버지의 다른 동료가 책임자로 기소되었다. 독립적인 수색권을 민간 잠수사에게 일임했고 높은 수당을 받았으니 책임지라는 이유였다. 그러나 재판부가 감독권을 부여했단 증거가 부족함을 지적하자 말이 바뀌었다. 정작 법에 명시된 책임자는 해경 청장이었으며 구조 전 필수적으로 잠수사들이 서명한 문서가 공개되었다. 그 내용은 다음과 같았다.

본인은 이번 구조 수색 및 구조 수행 중, 해양 경찰의 규칙과 제반 지시에 따를 것을 서약합니다. 이를 위반할 시 어떤 조치를 당하더라도 이의를 제기하지 않겠습니다.

누가 구조와 지휘의 권력을 가졌는지 명백했다.

반면 치료비를 줄 테니 물속으로 가라 종용했던 정부가 말을 바꾸었다. 잠수사들의 기여는 순수한 행위가 아니라고 했다. 직무를 수행했을 뿐이니 순직자로 인정할 수 없다고 했다. 그렇다면 치료가 필요할 정도의 위험을 알면서도 잠수사들을 물에 넣은 이들은 어디로 갔나? 은하는 생각했다. 누군가를 구조하러 뛰어 든 몸과 마음에는 상흔이 남는다. 그러나 누구도 구하지 않은 이들은 어디에도 치료할 상처가 없다.

2

은하와 해수는 성인이 되어 재회했다.

은하의 아버지가 의사상자인지 아닌지 논란이 일던 해였
다. 정부 부처는 아버지가 누구인지 알려 주는 건 자신들의
관할이 아니라며 다른 부서로 보냈다. 수많은 사람들이 당
사자 대신 그 죽음을 평가했다. 그들이 보는 건 종이에 적
힌 수치, 글자, 사진 들이었다. 그들은 아버지를 너무 쉽게
분해하고 오독했다. 그곳에 선의의 자리는 없었다. 은하는
아버지가 어떤 모습으로 물을 오갔을지 상상했다. 로프를
움직이는 손, 물로 뛰어드는 정강이, 파도를 견딘 후 매운탕
을 먹을 때 콧등에 솟는 땀, 어두운 선실에서 사람을 안는
표정을 떠올렸다.

그의 마지막 일터였던 항구에 갔었다. 까만 얼굴로 통곡
하는 사람들은 이미 죽은 것만 같았다. 숨넘어가는 소리들
이 도처에서 들렸다. 산 사람들도 혼이 되는 광경이었다. 사
람들이 손을 붙들고 쓰러지지 말자, 죽지 말자 읊조리다 별
안간 고성을 지르며 삼각대를 부수었다. 그러고도 열이 가

시지 않아 자리를 맴돌았다. 맥이 풀려 혼절하는 이들을 지나 은하는 도망치듯 귀가했다.

물을 마실 수 없었다. 순한 물이 식도를 넘어 가슴으로 들어가도록 놔둘 수 없었다. 아가미 뜯긴 생선처럼 질질 흐를까 두려웠다. 물에서는 알싸한 피 맛이 풍겼다. 항구에서 맡았던 소독약 냄새였다. 물을 입에 대면 목부터 메었다. 생존에 필수적인 물은 은하에겐 이물질이었다. 오장육부가 신물을 토하며 거부했다. 밥상 앞에서 은하가 국을 먹지 못하자 어머니는 호통을 쳤다. 눈물이 찔금 나며 입속에 짭조름한 맛이 들어왔다. 은하는 곧바로 속을 게웠다. 이후 어머니는 물을 마시라 권하지 않았다.

은하의 증상이 완화된 건 고래자리의 기이한 별에 대한 기사를 읽은 덕이었다. 초거대질량 블랙홀 주변에서 발견된 별은 몇만 년 전 합쳐진 쌍성이 새 별로 진화한 것이었다. 흑색의 구심을 푸른 가스가 뒤덮었다. 생생한 색으로 실린 사진 아래 이 별의 특별함을 설명하는 문구가 있었다. 별은 블랙홀과 상호작용했다. 검은 구멍을 향해 늘어나며 외피를 벗었다. 푸른 가스가 조력에 끌려갈 때 막대한 양의 방사선이 뿜어졌다. 은하는 파랗고 반짝이는 빛이 꼭 푸른 피를 흘리는 동물 같다고 여겼다. 우리가 모르는 존재들이 그들만의 신비한 메시지로 교류하는 양 느껴졌다. 세상을 떠난 영혼들은 이런 차원 어딘가에서 푸른 빛으로 웃는지도 몰랐다. 찬란한 미지의 별을 유영하는 아버지를 떠올린 은하는 조금씩 물을 삼켰다.

그러다 보니 점점 우주가 궁금했다. 은하는 항공우주공학과 진학을 결심했다. 합격한 대학교는 바다와 가까웠다. 정문 너머 강의실로 향하는 내내 파도 소리가 들렸다. 너울들의 소란을 등에 업고 은하는 학교 생활을 시작했다.

2인 1실 기숙사에서 해수를 다시 만났다. 은하는 그를 곧바로 알아보았다. 잊을 수 없는 파리한 안색과 색 옅은 입술, 물 고인 눈동자, 한쪽으로 묶은 긴 머리와 또래에 비해 거친 손등. 은하가 기억하던 모습 그대로였다. 은하는 짐을 풀던 참이었고, 해수는 통금 직전 들어왔다. 서로를 맞닥뜨린 둘은 한동안 말을 잃었다. 해수가 먼저 씻으러 갔다. 쏟아지는 물소리를 뒤로 한 은하는 창가에 기댔다. 운명이란 건 있는 걸까, 그렇다면 왜 이곳으로 우리를 데려왔을까. 파도가 방파제에 충돌하며 부서지는 게 보였다. 해가 저물어도 갈매기들은 시끄러웠고 가로등은 불규칙하게 깜박였다. 마음이 소란스럽고 불안했다. 머리를 식히려 창문을 열자 바람이 훅 불었다. 은하는 심호흡을 했다. 그때, 등 뒤에서 냉기가 풍겼다. 샤워를 마친 해수가 수건으로 머리를 짜며 서 있었다. 그 애의 피부는 곳곳이 벌겋고 찬기가 올라왔다. 냉수 샤워를 한 모양이었다. 바람이 들 때마다 그 애의 턱이 딱딱 부딪혔다. 은하는 얼른 다시 창문을 닫았다. 잠금쇠 소리가 컸다. 은하는 그에게 침대 한편을 내주었다. 둘은 나란히 앉았다. 해수는 2년 전처럼 자신의 손등만 바라보았다. 은하는 해수의 옆얼굴을 응시했다. 그 애가 사용한 수건이 미끄러지며 굳은 머리카락과 새파란 목이 드러났다.

이 애를 어떻게 불러야 할까.

아버지의 일기 마지막 장엔 미수습 실종자 목록이 적혔다. 그곳에 해수의 언니 이름이 있었다. 이 아이의 이름은 어디에도 없었다. 어떤 생활을 하고 무슨 마음으로 지냈는지 하나도 아는 게 없었다. 바다가 방으로 쏟아질까 두려웠다. 은하는 잔기침을 했다. 신경과 근육 사이가 따가웠다. 동작 하나하나가 낯설고 불편했다.

해수의 짐은 낡은 옷가지 두어 벌과 책 몇 권이 전부였다. 흔한 화장도구나 휴대폰도 없었다. 품이 넉넉한 푸른 카디건 한 장과 비닐에 싸인 포스트잇 뭉치 뿐이었다. 손바닥만 한 쪽지에는 삐뚤거리는 필체로 찌개를 끓였으니 먹고

가라는 문장이나, 선심 써서 수학여행 용돈을 기부하니 맛있는 걸 사 먹으라는 말, 모 아이돌 멤버의 스티커를 나눠 주면 생일 선물을 사 오겠다는 말 등이 적혀 있었다. 그 애의 생일은 은하의 아버지가 사라진 날과 멀지 않았다. 은하가 물을 삼킬 수 없던 것처럼 해수는 따뜻한 물로 몸을 씻지 못했다. 포스트잇을 응시하는 은하를 알아차린 해수가 말했다.

"생일날까진 돌아올 줄 알았어. 가끔 못 부칠 편지를 썼는데 해가 지날수록 그 짓도 못하겠더라……."

바다가 확대되어 보였다. 은하의 가슴이 콱 막혔다. 척추 틈새로 신음이 비집고 흘렀다. 시곗바늘이 자정을 가리킬 때까지 침묵을 지켰다. 밀려오는 압박감을 참기 힘들어 은하는 큰 한숨을 쉬었다. 해수의 턱이 경련했다. 입술을 씹던 은하가 질문했다.

"할머니는…… 잘 계시니?"

"작년에…… 언니를 만나러 가셨어."

"……미안해."

"아니야."

"……난 은하라고 해."

"알아. 기억하고…… 있었어."

"그래?"

"응."

"……"

"……해수라고 불러."

"해수."

그 애의 이름을 부른 후에야 서로의 얼굴이 선명했다.

막상 말을 트자 나눌 이야기들은 많았다. 둘은 그동안의 안부를 밤새 짚었다. 최근부터 그리운 시절 순으로 거슬렀다. 그날과 그날 이전, 그날 이후의 기억들이 뒤섞이며 새벽을 채웠다. 이야기를 주고받다 보면 갑작스레 눈시울이 붉어지거나 울음이 터졌다. 은하와 해수는 그걸 숨기지 않았다. 그러다 보면 가끔 웃음도 나왔다. 어째서 그러느냐는 말은 하지 않았다. 미소도 울음도 온전히 둘만의 것이었다.

은하는 좋아하는 별 사진을 해수에게 보여 주었다.

"꼭 바다 동물 같다."

그 애의 감상이 은하 자신과 같아 놀라웠다. 해수는 언니가 마지막으로 하고 싶던 말이 무엇이었는지 상상했다. 은하와 해수는 같은 봄을 기억했다. 사고 이틀 전의 봄이었다. 하얀 꽃나무가 파도처럼 일렁이는 날, 무엇을 가방에 챙길지 떠들던 날은 습하고 부드러운 바람이 불었다. 노란 철창을 따라 등교하는 길 오른편엔 목련과 벚나무가 탐스러웠다. 낡은 훌라후프가 비스듬한 아래 심어진 상추가 푸른 걸 보아 봄이구나, 단번에 아는 날이었다. 이과였던 언니는 물리 인증 시험을 한 달 남기고 수학여행을 간다며 투덜댔다. 그러면서도 고데기를 챙겨야 할지 고민했다. 좋아하는 애에게 잘 보이고 싶어했다. 소담한 꽃이 뭉클한 날 자매는 들떴다. 해수는 자신이 모은 용돈을 언니에게 주었다. 언니는 반을 해수의 서랍에 몰래 남겼다.

수학여행 당일은 안개가 자욱해 시야가 어두침침했다. 아침이 저녁 같던 바람에 해수는 언니를 챙기는 걸 잊고 깜박 잠들었다. 할머니는 일찍 시장에 가서서 깨워 줄 사람이 없었다. 눈을 떴을 땐 8시 반이었다. 언니는 이미 없었고, 등교 시간도 놓쳤다. 이왕 지각한 거 밥이나 먹자 싶었다. 쪼그라든 냉이 된장국을 꺼냈다. 볼품없는 계란 후라이를 쌀밥에 얹어 비볐다. 날이 우중충하면 학교에 더 가기 싫었다. 언니는 좋아하는 애랑 짝이 되었을까, 지금쯤 배를 탔을까. 궁금해하며 배추김치를 천천히 씹었다. 생각해 보니 오늘 급식도 비빔밥과 된장국이었다. 그나마 디저트로 얼린 홍시가 나올 예정이라 다행이었다. 해수는 미적거리며 가방을 멨다. 안개비를 헤치며 걸었다. 푸른 물감으로 그려진 벽화 앞에 고인 웅덩이를 구경하며 정문과 1미터쯤 거리를 둔 채 딴짓을 했다. 보글보글 거품이 올라오는 사이 100원이 구르는 걸 발견했다. 그걸 주워 물기를 닦는데 언니에게서 전화가 왔다. 통신 상태가 나쁜지 음성은 자꾸 끊겼다. 울먹이는 소리가 들렸지만 영 잡음이 심했다. 뭐야, 카톡으로 해. 해수는 퉁명스레 말을 던지고 전화를 끊었다. 메시지는 오지 않았다. 정문 근처에서 다시 전화를 걸었지만 연결되지 않았다. 평소처럼 투정을 부리려던 거겠지 싶어 냅두었다.

누구에게나 그런 날은 있다. 여행지에서 가족이 떠올라 전화를 걸거나, 지각의 변명을 생각하며 종종걸음으로 교실에 들어선 적. 그런 날은 누구에게나 있다.

교실에 들어섰을 땐 평소와 분위기가 달랐다. 선생님은 수화기를 들었다 놓으며 분주했고 아이들은 휴대폰을 몰래 꺼내 뉴스를 봤다. 갑자기, 정말 어떤 징조도 없이 울음을 터트리는 애도 있었다. 해수를 발견한 담임은 곧바로 할머니에게 연락하라며 집으로 돌려보냈다. 해수는 어리둥절한 채 다시 학교를 나왔다. 연로하여 가는 귀가 먹은 할머니는 일하는 중엔 전화를 못 받으셨다. 해수는 터덜터덜 시장을 향해 걸었다. 길에 학생은 저뿐이었다. 지나가는 사람들이 자신을 곁눈질하는 것 같아 해수는 어깨를 움츠렸다. 할머니가 나오실 때까지 시장 입구에서 기다리기로 했다. 오늘따라 휴대폰 충전도 제대로 되지 않아 경고창이 떴다. 하수구 구멍으로 빨려 들어가는 물줄기를 보고 있자니 등골이 섬찟했다.

할머니가 하얗게 질린 얼굴로 뛰어나왔다. 해수의 손목을 끌며 택시를 잡던 안색은 난생 처음 보는 흰색이었다. 해수의 기억은 여기에서 끊겼다.

언니가 하려던 말을 떠올릴수록 손톱이 까맣게 죽었다. 찬 바다에서 돌아오지 않는 이를 생각하면 따뜻한 물로 씻을 수 없었다. 생존자들의 말을 들을 때마다 언니도 탈출해서 어딘가 살아 있지 않을까 기대했다. 한적한 무인도나 외국의 먼 땅으로 흘러가 영화 속 주인공처럼 기억을 잃고 헤매는지도 모른다고. 극적으로 10년이나 20년 후 돌아와서 보고 싶었다, 다녀왔다 등의 진부한 대사를 하면 좋겠다고.

해수는 해양과학부였다. 전공 선택의 이유를 묻자 입술을 그믐달처럼 올리며 대답했다.

"아직 바다에 미련이 많아서……"

말을 마친 후 눈을 내리까는 게 해수의 버릇이었다. 처음 만난 날 죄를 짊어진 사람처럼 움츠리던 모습과 달리, 지금의 해수에게선 의연한 고집이 느껴졌다. 시선을 피하기보다 무언가를 더 잘 조소하는 표정이었다. 해수가 이 표정을 지을 땐 어디선가 비린 향이 풍겼다. 소독약 냄새였다. 은하는 곧 그 향에 익숙해졌다.

✳

비열한 이들보다 둘은 진실에 가까웠다.

봄이 짙었다. 해수는 서울 광장에 가겠느냐고 물었다. 은하는 쉽게 승낙하지 못했다. 현실의 민낯을 볼 준비가 되었는지 확신이 없었다. 은하가 망설이는 동안 해수는 익숙하게 머리를 묶고 짐을 챙겼다. 가방을 드는 마른 손목이 보였다. 푸른 물집이 터진 자리에 딱지가 얹혔다. 해수가 현관을 나서기 전, 은하는 그 손목을 쥐었다.

광장으로 향하는 버스 안에서 해수는 은하에게 말했다.

"우리의 존재를 반대하는 현수막이 걸리고, 코앞에 떠밀어진 확성기에서 부정하는 말이 나올 거야. 당사자가 두 눈 똑바로 뜨고 여기 있는데, 어떻게 그런 소리를 뱉는지 충격도 받을 거야."

"구역질 나."

"범죄자가 돈이 많으면 참 무섭더라. 가짜를 너무 쉽게 만들어. 하지만… 은하야, 우리가 겪은 진실은 쓰디쓰고 가혹했어."

목적지에는 수많은 천막과 사람들이 있었다. 은하의 생각보다도 더 많았다. 서명 종이가 쌓인 곳을 지나 팔찌를 만드는 부스로 가자 아주머니 몇이 둘을 안아 주었다. 그들의 손목엔 노란 팔찌가 걸렸다. 맞은편엔 단식 투쟁 플래카드를 건 이들이 누워 있었다. 진실을 갈구하는 그들의 몸은 검었다. 살이 줄고 뼈의 윤곽만 남은 신체 곳곳에 그림자가 졌다. 뺨이 있던 자리가 움푹하고 머리숱은 비었다. 그늘진 천막 아래 덩그러니 누운 입이 벌어지며 줄어든 잇몸과 내려앉은 이빨을 드러냈다.

"아이들에게 부끄럽지 않고 싶습니다."

누군가 그렇게 외치며 울었다. 그 이마를 다른 사람들이 닦아 주었다. 해진 바지를 입은 할머니 한 분이 흰 플라스틱 의자에 앉아 눈을 감고 기도를 외웠다. 한 알 한 알 엄지로 넘기는 묵주와 불툭 튀어나온 관절을 보며 은하는 역사책에서 본 운동가들을 떠올렸다. 민간인을 사살하는 군인들에게 저항하며 단식하는 이들의 코에 튜브를 삽입하며 연명을 강요하는 정부도 있었다. 반면 투사들은 허하고 볼품없는 몸에 비해 그윽하고 명료한 눈을 가졌다. 누군가의 투쟁이 진실한지 알려면 눈이 얼마나 깊어지는지 보면 되었다. 영혼의 창을 투과하는 빛은 쉽게 흉내 낼 수 있는 종류가 아니었다.

갑자기 광장 한편이 소란스러웠다. 단식하는 공간에 웬 남자들이 침입해 음식을 뿌렸다. 그 후 그걸 볼이 터지도록 집어먹었다. 은하는 눈살을 찌푸렸다. 그들의 눈은 미끌거리고 살이 번드르르했다. 선글라스를 낀 남자가 마이크를 잡더니 특권 금지, 시체 장사, 무임승차자 규탄 등의 단어를 외쳤다. 새까만 선글라스가 햇빛을 반사해 눈이 보이지 않았다. 동일한 색의 모자를 쓴 노인들이 애국가를 부르는 동안 청년들은 기름진 먹이를 뱃속으로 넣었다. 도통 맥락 없는 기이한 광경이었다.

해수는 굳은 얼굴로 서 있었다. 그 눈에 푸른 불이 스치는 걸 본 은하는 자신도 모르게 말했다.

"이런 게 특권이면 개나 주라 그래."

해수가 웃었다. 은하는 진심이었다. 그들은 해수처럼 언니가 오지 않는 시간을 견딘 적도, 은하처럼 아버지가 그리운 시간을 인내한 적도 없었다. 만약 누군가를 진정 그리워했다면 존재하는 상실 앞에서 천박한 모욕을 지껄일 수 없었다. 단절의 자리에서 무엇도 떠올릴 수 없는 이들만 저런 행위가 가능했다. 해수는 바다을 구를 것처럼 웃었다. 소리의 파동이 전해지자 은하도 미소를 지었다. 자신도 모르게 힘을 주던 몸이 느슨해졌다. 손톱이 파고든 손바닥만 둥글게 부었다. 분노를 인내한 흔적이었다. 몸싸움이라도 일면 유가족들에게 어떤 프레임을 씌울지 짐작이 갔다. 때문에 그들은 보호받았다. 우리는 아니었다.

은하는 속이 복잡했다. 갓 스물이 된 은하에겐 이해되지 않는 장면이었다. 그럼에도 그들은 엄청나게 시끄러웠다. 무슨 자신감으로 목소리를 높이는지 의아했다. 침묵이 드러내는 진실에 비해 고기를 뜯는 소리는 과했다. 싫어도 그들을 볼 수밖에 없었다. 이게 그들이 원하는 일인지도 몰랐다. 한편 은하는 자신과 해수가 성숙해야 하는 나이에 다다랐는지 고민했다. 상처가 요동을 치더라도 품위를 지켜야 하는지 의문했다. 어느 길이 맞을지 알 수 없었다. 누군가 멱살을 끌어 모순 속으로 자신을 패대기치는 것 같았다. 운명은 굉장히 이상했다. 뛰어들어 맘껏 울며 상처를 털어 버릴 수도, 당당히 아픔을 내보이고 성장할 수도 없었다. 바다에 들러붙은 게 너무 많았다. 해수가 머리카락을 동여매며 중얼거렸다.

"아프다고 하면 저런 것들이 기뻐할 걸 알아서…… 마음

놓고 아플 수도 없다, 우린."

해수는 신발과 양말을 벗더니 가지런히 개켰다. 사람들이 실랑이를 벌이는 동안 맨발이 된 해수가 그들 안으로 들어갔다. 은하는 해수를 지켜보았다. 해수의 마르고 흰 발이 바닥에 뒹구는 음식을 짓이겼다. 봉지가 터지고 음식물들이 발바닥 밑에서 곤죽이 되었다. 해수는 그걸 한쪽으로 밀었다. 그 애는 음식물을 계속 뭉갰다. 구르고 엉망이 된 물질들은 본래의 색을 잃었다. 해수는 입을 다문 채 발을 옮기고, 뒤꿈치로 으깨고, 짓이겼다. 그것들은 분변처럼 변했다. 누군가 잔해를 비질하여 쓰레기통에 버렸다. 해수는 까맣게 더러워진 발로 돌아왔다. 은하는 황급히 수건을 구해 마중했다. 해수는 오물이 묻은 발톱 사이를 은하의 손에 맡겼다.

"한낱 졸개들의 행위라고 생각하면 용서할 수 있을까?"

해수가 질문했고 은하는 대답하지 못했다. 용서의 몫이 누구에게 있는지 몰랐다.

버스를 타고 돌아오는 길 옆엔 강이 흘렀다. 거센 물소리에 은하는 압도되었다. 통제할 수 없는, 다 삼켜 버릴 수도 없는 물이 기도를 막을 것만 같았다. 뒷골이 당기며 다리가 붕 떴다. 시야가 캄캄하고 숨이 가빴다. 오늘 본 이들의 얼굴과 목소리가 잔상에 남았다. 그들은 특이한 옷을 입지도, 괴상한 얼굴색을 가지지도 않았다. 평범한 옷과 평범한 바지, 평범한 신발을 신었다. 서로가 동일한 혐오를 공유하는지 확인할수록 의기양양하던 그들은 무리에서 떨어진 후 겸손한 얼굴로 숨었다. 그 안온한 얼굴들과 같은 길을 걷고, 같은 삶을 살고, 같은 버스에 앉아 숨을 내쉬고……. 그걸 생각하자 팔뚝에 소름이 돋았다. 몸서리가 쳐졌다. 희생자보다 집값 얘기를 하는 이들이 근처에 있다면 어쩌지. 누구와 어떻게 살아야 하지. 은하는 차라리 먼 별로 가고 싶었다. 결벽증의 이유를 설명할 수 없었다. 은하는 입술을 깨물어 피를 냈다. 손잡이를 더듬어 해수의 손을 찾았다. 그들 사이를 걷던 해수가 필요했다. 해수는 은하를 뿌리치지 않았다. 은하는 손등의 감촉에 의지했다. 껍질이 일고 부르터 중년처럼 느껴지는 손이었다. 은하는 그 살 위를 매만지며 엄습하는 공황과 싸웠다. 떨림이 가라앉았을 때, 은하는 깊게 팬 해수의 눈을 마주했다. 시선 사이에서 풍기는 약품 냄새는 견딜 수 없이 뾰족했다.

❀

　새벽, 둘은 나란히 누웠다.

　온몸이 노곤한데도 은하는 잠에 끌려가지 않으려 무의
식적으로 애썼다. 꿈은 미지로 통하는 창구였지만 그렇기
에 무서웠다. 깨어난 직후의 감각도 두려웠다. 잠들면 낮의
현실은 모호하고 너머의 세계가 선명했다. 경계 바깥의 혼
들은 시간이 지나도 소란스러웠다. 누군가 잘 보내 달라며
부탁했다. 발이 시리다고 우는 아이, 불가사리를 던지며 웃
는 아이, 삼삼오오 포옹하며 소풍을 가는 아이들의 행렬이
보였다. 은하는 그 모습을 샅샅이 기억하려 노력했다. 가방
에 단 쿠키 몬스터 인형, 지갑 속 연예인 투명카드, 구겨서
들고 다녔던 급식표와 수능 디데이를 적은 스케줄러, 가지
런한 책 끈이 달린 추리 소설과 체육 대회때 맞춘 반 티셔
츠, 팔목에 건 곱창 고무줄, 삼디다스라 놀렸던 슬리퍼, 담
배를 피우겠다며 허세 부리는 어깨, 반짝 유행했던 뱅 앞머
리⋯⋯. 아버지는 아이들이 길을 잘못 들지 않도록 푸른 끈
을 설치했다. 그걸 오래도록 당기며 먼 바다로 향했다. 은하
는 어느 쪽이 실재하는지 알 수 없었다. 꿈을 만나면 때론
머리가 상쾌했고 어느 땐 가슴이 저렸다.

갑자기 찬기가 느껴졌다. 거센 파도 소리가 고막을 때렸다. 은하는 화들짝 놀라며 눈을 떴다. 창문이 열려 있었다. 덜커덩, 경첩이 위태롭게 흔들렸다. 방 중앙에 해수가 서 있었다. 그 애는 푸른 카디건을 걸쳤다. 언니의 것이었다. 한 뼘 정도 컸던 언니의 옷은 이제 그 애에게 딱 맞았다. 언니가 첫 용돈을 모아 산 카디건이었다. 하도 입어 겨드랑이가 늘어질 정도로 좋아했다. 언니의 체취가 남은 유일한 옷이었다. 그걸 입은 해수는 자꾸 방문을 여닫았다. 누군가를 찾는 듯 돌아다니다가, 다시 문을 열고, 닫았다가, 좁은 방 안을 뛰어다녔다. 움직임이 점점 빨라졌다. 갑자기 해수는 우뚝 멈추더니 창가로 뛰어나갔다. 은하는 퍼뜩 몸을 일으켰다. 해수가 창 너머로 몸을 기울였다. 허우적대며 팔을 길게 뉘었다. 벼랑 끝 나뭇가지처럼 상체가 휘청거렸다. 은하는 해수에게 달려가 허리를 끌어당겼다. 해수의 목구멍에서 기이한 소음이 끓었다. 저승에서 온 안부처럼 음산한 비명이었다. 은하는 해수의 이름을 부르며 그 애를 붙잡았다. 순간 해수가 미끄러져 둘은 바닥에 뒹굴었다. 흰 맨발이 눈앞에서 흔들렸다.

은하는 아버지가 경험했을 포옹들을 떠올렸다. 기시감이 찾아왔다. 익사해 불은 살을 안는 이질감, 물살에 흔들리는 팔목과 공기 하나 새지 않는 입, 전신에 괴는 젖은 체중, 희뿌옇게 찬 살갗 끄트머리의 퇴적물, 핏줄을 얽은 해초 줄기, 뒷골을 스치는 서늘한 공백과 고해의 말들……. 꺼림칙한 냄새가 풍겼다. 오장육부를 거꾸로 깐 포옹 속에서 은하는 되뇌었다. 산 사람은 살아야 해. 은하는 빈틈없이 해수를 끌어안았다. 몸부림치는 해수의 발작을 품에 넣었다. 숨소리가 짙었고, 맥동이 만져졌고, 팔다리의 열이 느껴졌다. 해수의 심장은 불규칙했다. 은하의 심장은 촘촘한 박으로 뛰었다. 자세를 고쳐 안을 때마다 해수와 은하의 귀가 맞닿았다. 잡음이 발생했다. 목에 돋은 핏줄, 성대의 울음과 시끄러운 떨림, 피부에 새겨지는 잔상들, 벌어졌다 닫히는 입술의 상처들이 동시에 쏟아졌다. 포옹은 괴팍한 우연들의 충돌이었다. 무작위의 꿈틀거림을 막을 수가 없었다. 은하는 거듭 해수를 고쳐 안으며 울었다. 이럴 거면 왜 태어났는지……. 파도 소리만 그 말을 옮겼다. 지금은 세상이 아득했다. 어깻죽지와 목 뒤로 손을 넣자 해수의 체온이 옮았다.

살 밑을 스치는 머리카락들이 귀신 손톱처럼 바스락거렸다. 은하는 정신없이 흐느꼈다. 마름뼈와 힘줄이 돋은 해수의 손목에서 드디어 힘이 빠졌다. 은하는 해수를 놓지 않으려 신경을 집중했다. 빈혈이 찾아왔다. 이가 덜덜 떨렸다.

은하는 전력을 다해 해수를 안았다. 한순간 상대의 동작이 멈췄다. 서서히 팔다리가 가라앉으며 깊은 잠에 빠졌다. 숙면에 들어가자 해수의 몸은 잠잠했다. 은하의 호흡 소리만 방에 남았다.

은하는 시체처럼 고요한 해수를 조심스럽게 뉘었다. 눈물이 턱을 타고 입안에 고였다. 은하는 카디건에 달린 푸른 끈을 풀어 해수와 자신의 손목을 동여맸다. 해수는 완전히 늘어져 꼼짝하지 않았다. 은하는 그 곁에 누워 잠을 청했다. 밤새, 두어 번 손목이 흔들렸다. 하지만 줄은 끊어지지 않았다. 손목이 들렸다가, 당겨졌다가, 제자리로 돌아왔다.

해수는 아무것도 기억하지 못했다. 오직 특별한 꿈을 꾸었다고 고백했다.

"항구였어. 익숙한 맹류를 바라보는데, 이상과랑 경보음이 울렸어. 급박한 사이렌 소리가 세 번, 느리게 두 번…… 그럴수록 거대한 파도가 불었어. 도망가야 하나 망설이는데 발이 움직이질 않더라. 누군가 찾아야 한다는 생각만 가득하고. 목격자들은 어디로 갔지? 그 배의 주인은 누구였지? 물을 때마다 파란 바다가 요동치는데…… 바다이 드러날 정도로 치솟아 땅을 사정없이 때리는데…… 흰 물보라가 별의 폭발처럼 요란하게 퍼지고……. 그 사이에서 푸르스름한 동물이 태어났어. 여울지는 무늬처럼 끝이 흰 뿔의 영양이었어. 한치잡이 배가 뜬 밤바다를 본 적 있니? 달 없는 밤 수백 척 배들이 등을 켜면 푸른 밤 전체가 은빛으로 빛나. 이곳과 먼 곳의 경계가 흐린데……. 영양은 그 밤을 닮았어. 아름다운 푸른 영양. 그 동물이 사박대며 다가왔어. 이상하지, 오래 알던 사이처럼 영양은 많은 걸 속삭였어. 그 애는 오래 전…… 너무 아름다워 인간들의 손에 멸종했지만 다른 감각으로 태어나길 약속했어. 나는 그 동물을 안으려 팔을 뻗었지. 하지만 불가능했어. 대신 푸른 영양은 입을 열어 사람의 말을 했어. 우리를 잊지 말라……고. 이곳은 네 생각보다 아름답다……고. 세상이 무너질까 봐 그 애를 껴안으려 했는데, 그럴 수는 없었어. 그 애는 멀리, 아주 멀리 달려갔어."

밤은 해수에게서 끝없이 진실의 숙명을 일깨웠다.

다음 날, 그 다음 날도 해수의 몽유병은 깊었다. 은하는 매일 밤 해수와 손목을 묶기로 약속했다.

광장에 다녀온 날이면 해수는 빈번하게 병을 앓았다. 은하도 30분 간격으로 잠을 깼다. 그런 날은 정신이 어물거리고 조금만 거슬려도 시비를 걸고 싶었다. 사람의 그림자를 보면 혐오감이 밀려들었다. 췌장을 게우고 싶었다. 때로 잇몸이 너무 아팠다. 불행의 이유를 찾아야만 했는데, 그러다 보면 서로가 가장 미웠다. 불현듯 고통이 그 애 탓인 양생각이 들었다. 천불이 일며 화가 치밀었다. 절규하고 원망해 속을 털고 싶었다. 그러나 좀처럼 실체를 드러내길 거부하는 불행은 뒤에 숨어 사람들을 조종했다. 불편이라는 단어를 통해 함부로 언급할 수 없도록 강요했다. 그래서 가까운 사람을 살풀이 제물로 써야만 했는지도 모른다. 가만히있어도 해수가 죽도록 미운 날이 있었다. 그럴 땐 기어이싸움이 났고, 둘 중 하나가 눈물을 터트려야 끝났다. 자신의 가장 아픈 부분은 그만큼 날카로워 사랑하는 이도 자주 찔렀다. 사랑하는 이의 기울어진 몸은 너무나 가까웠다. 봄은 나날이 화사했다. 먼지가 가득한 날에도 새하얀 꽃망울이 터지고, 창가의 햇살이 유난히 선명한 아침도 있었다. 해수와 은하는 봄의 빛깔이 아름다우면 더 죽고 싶었다.

깊은 새벽 파도 소리가 울리면 해수가 발병한다는 신호였다. 그는 불규칙한 꿈속에서 바다를 헤맸고, 은하는 잠을깼다. 맨발로 창가에 선 해수가 무자비한 힘으로 팔을 당기면 은하는 끌려가지 않으려 애썼다. 얼굴에 흐르는 게 땀인지 눈물인지 분간이 가지 않을 정도로 실랑이를 벌이다가애원했다. 가지 말라고, 가지 말라고, 제발 나를 두고 가지 말라고.

한 해가 지나도 해수와 은하는 룸메이트였다.

답사 수업이 있는 날이었다. 견학을 마치고 오는 길에 은하는 꽃시장을 발견했다. 싱그러운 식물 냄새가 즐비했다. 은하는 문득 봄을 바꾸고 싶었다. 그런 생각이 들어 화원으로 갔다. 화려한 장미부터 온갖 품종의 꽃들이 다채로운 향을 풍겼다. 은하는 들꽃 같은 모양새의 화분 앞에서 멈추었다. 노란 별 모양을 중심으로 앙증맞은 푸른 꽃잎이 오밀조밀한 꽃이었다. 손톱만 한 송이들이 사탕처럼 빛나고 있었다. 물망초였다. 은하는 몽유병에 시달리는 해수를 떠올렸다. 식물을 만지면 기분 전환이 될까 싶었다. 작은 화분 하나를 골라 기분 좋게 값을 치렀다.

기숙사로 돌아오는 길, 은하는 꽃이 망가질까 숨죽여 걸었다. 발걸음을 옮길 때마다 꽃줄기가 기쁨처럼 흔들렸다.

기숙사 방은 암막 커튼이 내려진 채 빛 한 줄기 들지 않았다. 컴컴한 공간에 봄 햇살은커녕 습기만 가득했다. 찬 냉기가 어린 욕실은 우중충했고, 해수의 옷가지가 비뚜름히 놓여 있었다. 은하는 조심스레 신발을 벗었다. 흙 몇 톨이 떨어졌다. 조명 스위치를 더듬자 침대 구석에 웅크린 해수가 보였다. 이름을 불렀지만 답이 없었다. 등이 구부러진 자리를 따라 검은 구덩이가 파인 것처럼 보였다. 순식간에 은하의 기분은 가라앉았다. 그는 해수를 쳐다보지 않고 빠른 걸음으로 지났다. 책상에 화분을 내려놓고 뻐근한 팔을 주물렀다. 그리고 짐짓 밝은 척 커튼을 걷었다.

"왜 이러고 있어? 환기 좀 하지."

해수는 여전히 침묵했다. 은하에겐 단지 고집스러운 투정으로 보였다. 꼴 보기 싫은 마음이 올라왔다. 은하는 일부러 쾅 창문을 젖혔다. 물망초는 볕이 들어야 하던가, 그늘이 필요하던가. 묻는 걸 까먹었다. 은하는 대충 그림자와 빛이 갈리는 경계에 꽃을 놓았다. 괜히 톤을 높여 시끄럽게 떠벌렸다.

"예쁘지? 앞으로 더 필 거래. 겉흙이 마르지 않도록 물을 주면 된대."

반응은 없었다. 은하가 물을 가지고 돌아올 때까지도 해수는 입을 다물었다. 눈만 들어 꽃을 노려보았다. 은하는 기분이 상했다. 그럴수록 더욱 수선을 떨며 화분을 만지고, 흙을 고르고, 물을 따르고, 꽃잎을 셌다. 이름은 뭘로 지을까, 분갈이는 언제 할까, 초등학생 때 이후로 식물은 처음이다……. 이런 얘기들을 두서없이 뱉었다. 그때, 이야기의 맥을 끊으며 해수의 날 선 목소리가 끼어들었다.

"넌 아직도 꽃이 좋아?"

"뭐?"

"그게 다시 피는 것만 봐도 속이 뒤집히는데. 넌 아직도 꽃이 좋냐고."

"⋯⋯예민하게 굴지 마."

"그래. 넌 명절 때 연락할 가족도 있고. 배가 불렀지."

"말 다했어? 지금 태도가 왜 그래? 미쳤어?"

"그럼, 봄이랍시고 이런 거나 가져와 웃을 정신이 있는데, 배부른 게 아니면 뭐야?"

쌓인 둑이 한꺼번에 터지듯 서로의 감정이 폭발했다. 한 번 소리를 지르기 시작하자 걷잡을 수 없었다. 한 사람이 고함을 지르면 상대도 맞받아쳤다. 모진 말들이 천장을 울렸다. 몸싸움까지 번져 옆 방에서 말리러 오고 나서야 둘은 다툼을 멈추었다. 완전히 기진맥진했고 불에 달군 칼에 베인 양 마음이 쓰렸다. 이번엔 은하가 베개에 얼굴을 묻고 엉엉 울었다.

나중에 그날 해수의 강의실 옆자리 남자애들이 실종자 유족을 욕보였고, 그걸 들은 해수가 상대를 때린 바람에 난리였다는 걸 알았다. 그들이 퍼트린 건 유족들이 특례로 대학에 입학해 타인들이 피해를 보았다는 유언비어였다. 어

46

차피 사실이 아니었으니 해수는 그들의 무지함을 참으려했다. 그러나 보험금을 들먹이며 가족이 둘 죽으면 두 배로 특혜를 받느냐는 조롱은 용납하기 어려웠다. 해수는 그 말을 한 남자애의 얼굴에 곧바로 주먹을 꽂았다. 그는 한참 어안이 벙벙했다. 다른 학생들이 해수 곁에 모이고서야 그들은 내쫓기듯 강의실을 나갔다. 그들은 해수가 유가족처럼 생기지 않아 몰랐다고 변명했다. 수업을 마치고 기숙사로 오는 내내 해수는 우울했다.

얼마 후 인터넷 커뮤니티엔 '유족들 인성'이라는 제목을 달고 해수에 대한 글이 올라왔다. 죽음이 특권 맞다는 비아냥들이 덧글로 달렸다. 해수의 말수는 눈에 띄게 줄었다.

그래도 밤에는 서로의 손목을 묶었다.

어떻게 이걸 유지하는지 은하 본인도 의문이었다. 아직 해수에겐 은하가 필요했고, 은하에게도 해수가 필요했다. 그것만은 분명했다. 서로를 감당할 의무도, 책임도, 법도 없지만 둘은 약속한 듯 밤이면 푸른 끈을 가져왔다. 불안정한 어둠 속에서도 결국 끈을 따라 되돌아오는 해수를 안으면 그 애가 숨을 쉰다는 사실에 은하도 안도했다. 그 감각 때문에 은하는 해수를 밀어내지 못했고, 바닷바람이 거세어 서로를 물어뜯은 밤에도 푸른 끈만은 버리지 못했다.

은하가 잊지 못하는 한 가지 장면이 있다.

새벽 3시 반이었다.

손목은 잠잠했다. 은하는 잠을 이루지 못했다. 오늘따라 편안한 팔이 의문스러웠다. 하루라도 얌전히 잠들고 싶었는데, 정작 손목이 고요하자 시체가 된 기분이었다. 영안실에 누운 것 같았다. 미동 없는 손목이 징그러웠다. 은하는 애써 눈을 감았지만 그럴수록 감각은 날카로워졌다. 폐의 움직임이나 맥박, 공기의 흐름 같은 것들이 죄다 느껴졌다. 생경한 적막에 덩그러니 버려진 것 같은 생각이 들었다. 천식처럼 기침이 쏟아졌다. 금방이라도 핏물이 몸 밖으로 넘칠 것 같았는데, 텅 빈 지구가 윙윙거리는 소리만 들렸다. 실은 우리 모두 지구의 꿈일지도 몰라, 고작 그런 환상에 불과할지도 모른다……. 갑자기 이런 상념이 몰려오며 초라하게 느껴졌다. 배내옷을 쟁여 입고 요람으로 도망치고 싶었다. 팔이 멀쩡하다니 살점이 다 떨어져 뼈만 남은 건 아닐까, 내가 어디로 갔는지 모르겠네. 반듯하던 신체가 자꾸 굽어졌다. 은하는 다시 눈을 뜨고 천장을 노려보았다. 창가의 물망초는 생각보다 독했다. 그건 꽃가루를 뿌리면서 밤새 새하얀 소독약 냄새를 풍겼다. 침묵을 구형받은 기분이었다. 이게 벌이라면 지옥은 얼마나 깨끗할까. 은하는 일부러 몸을 뒤척이는 척하며 팔을 크게 당겼다. 줄은 움직이지 않았다. 다시 반대편으로 돌아눕자 방 중앙에 멀거니 선 해수가 보였다.

세상을 흡수할 것처럼 시커먼 동공이었다. 그 옆에 차디찬 쇠붙이가 번뜩였다. 가위였다. 해수는 가위를 들었다. 날붙이 사이에 푸른 천을 감아 은하를 내려다보았다. 그 애는 꿈꾸지 않았다. 깨어 있었고, 은하가 불면에 시달리는 걸 지켜보며 내내 서 있었다. 얼마나 오래 저렇게 견뎠는지 알 수 없었다. 은하의 위장이 경련했다. 은하가 숨을 몰아쉬는 속도에 맞춰 해수는 느리게 푸른 실오라기들을 툭, 툭 끊었다.

"하지 마."

은하가 울먹였다. 해수는 성운 같은 눈을 빛내기만 할 뿐 멈추지 않았다. 지독한 물망초 냄새를 풍기며 천을 잘랐다. 시간은 속절없이 지났다. 은하는 해수가 자신이 깨길 바랐을지, 아니었을지 짐작할 수 없었다. 초침 소리가 커졌다. 바짝 마른 삭정이 같은 해수의 손목이 보였다. 코끝에 물안개가 스몄다. 은하는 해수가 가위질을 멈추길 바라며 손목을 세게 당겼다. 절박하게 세 번. 지끈거리는 핏줄이 아리도록 두 번. 눈앞이 어지러웠다. 자신이 울고 있기 때문인지, 해수가 울고 있어서인지 답하기 어려웠다.

"그러지 마."

푸른 끈은 퇴색된 긴 혈관 같았다. 해수와 은하의 심장에 서늘한 푸른 피가 돌았다. 날붙이가 천 위를 스쳤다. 은하는 필사적으로 붙잡은 끈을 말아 쥐었다. 그걸 가슴 쪽으로 세게 당겼다.

해수에게 마지막으로 부탁했다.

"날 떠나지 마."

가위 끝이 흔들렸다. 이윽고 그건 해수의 손가락 사이에서 미끄러졌다. 쨍그랑 하는 소리가 울렸다. 금속음은 난청을 일으켰다. 아찔한 머리를 가누며 은하는 몸을 일으켰다. 수의를 입히는 동작처럼 허우적대며 한 걸음, 한 걸음 해수에게 다가갔다. 해수는 고개를 숙인 채 가만히 서 있었다. 머리카락을 기다랗게 늘어뜨리고 정지했다. 떨어진 가윗날이 은하의 발바닥을 스쳤다. 은하는 그걸 밀어 침대 아래로 넣었다. 해수는 부동자세 그대로 은하가 절뚝거리며 다가오는 걸 기다렸다. 은하가 해수를 안았다. 반쯤 끊기다 만 푸른 끈이 마구잡이로 엉켰다. 너덜거리는 실밥들이 튀어나왔다. 은하와 해수는 같은 침대에 누웠다. 이불이 둘을 감싸는 걸 느끼며 은하는 눈을 감았다.

다시 아침이었다. 밤사이 일어난 일을 둘 중 누구도 언급하지 않았다. 조식을 먹고 오는 길, 해수가 약과 반창고를 사 은하에게 붙였다. 해수의 손이 상처에 스치면 따끔거렸지만 은하는 티를 내지 않았다.

한 해가 더 지나 봄을 맞았다.

은하는 홀로 눈을 떴다. 해수는 곤히 잠들었다.

그의 몽유병은 차도가 생겼다. 겨울을 지나며 빈도가 차츰 줄었다. 문득 이미 아물었을 발바닥 상처가 껄끄러웠다. 침대 밑으로 집어넣은 가위는 그 뒤로 찾지 않았다. 그게 그대로 있는지 궁금했다. 환한 달빛이 잠든 해수의 이목구비를 비추었다. 닫힌 눈꺼풀과 목덜미, 꺼진 볼과 마른 어깨가 은은하게 빛났다. 눈꺼풀이 품은 눈동자를 떠올리며 은하는 해수의 목덜미 아래로 팔을 넣었다. 해수는 아이처럼 품속으로 딸려 들어왔다. 은하는 해수의 앞이마부터 뒤통수까지 머리카락을 빗어 보았다. 엉킨 가닥들이 전부 풀릴 때까지 해수를 안은 채 머리를 쓰다듬었다. 수런거리는 바다 별의 속삭임이 들어차 입술이 간지러웠다. 밀물에 떠밀려 어딘가로 추락할 것도 같았다. 은하의 고개가 해수 쪽으로 기울었다.

갑자기 창밖에서 쿵, 쿵 하는 소음이 들렸다. 뼈가 갈리는 소리 같기도, 폭풍의 전조 같기도 했다. 그 소리가 점점 가까워졌다. 창이 들썩일 정도로 큰 기척이었다. 은하는 잠든 해수의 눈꺼풀에 시선을 돌렸다. 고른 이마와 자주 울어 벌건 꼬리, 부르튼 입술 사이로 남들보다 조그마한 앞니가 보였다. 그 애의 손등은 여전히 나이보다 거칠었고, 손목엔 끈이 감겼던 자국이 남았다. 그 부위엔 푸른 물이 들었다. 끝없이 움푹한 눈동자가 좌우로 흔들렸다. 그 애는 꿈을 꾸는 중이었다. 이제 해수의 몸은 날뛰지 않았다. 창이 진동하는 거센 소리에도 섣불리 깨지 않았다. 오직 은하만 그 소리를 들었다. 해수가 창백할수록 거인의 발걸음에 비견할 만한 울림이 방을 엄습했다. 은하는 해수의 눈꺼풀에 입을 맞추었다.

고막을 찌르는 경보음이 울렸다. 빠르게 세 번, 느리게 두 번. 은하는 머뭇거리며 창가로 다가갔다. 수평선 끝과 맞닿은 먹물 색 하늘과 가로등 불빛이 이지러진 풍경이 보였다. 이중창에 가까울수록 두터운 유리를 누군가 두들긴다는 확신이 들었다. 창문이 흔들리는 소리가 요란했다. 은하는 조심스레 창밖을 내다보았다. 그곳엔,

푸른 영양 한 마리가 유리를 뿔로 들이받는 중이었다. 자신을 알리려는 듯, 진실을 고백하려는 듯, 커다란 눈망울을 빛내며 푸르스름한 뿔로 몇 번이나, 몇 번이나 이마를 박았

다. 쿵…… 쿵……. 그 이마는 허옇게 바랬다. 금이 가는 소리가 들렸으나 창문은 깨지지 않았다. 은하는 죽은 은어처럼 백태 낀 눈동자와 마주쳤다. 푸른 동물이 목구멍을 크게 열었다. 은하는 그 말을 알아들을 수 없었다.

은하는 해수의 몽유병이 줄어든 만큼 가위에 눌렸다.

3

"준비되셨습니까? 어지럽진 않습니까?"

"예. 괜찮습니다."

"그럼 트리거 당기십시오. 3, 2, 1."

스틱을 몸쪽으로 끌자 곤돌라의 회전 속도가 높아졌다. 근육들이 사정없이 짓눌렸다. 은하는 정면의 표시등을 바라보며 호흡에 집중했다. 조금이라도 신경이 분산되면 의식을 잃는다. 전신에 힘을 주면서 짧고 강한 숨을 뱉었다. 중력 가속도 수치를 알리는 교관의 목소리가 들렸다. 4…… 5…… 6…… 7…… 이윽고 9G에 도달했다. 훈련 첫날 은하는 블랙아웃을 경험했다. 시야가 단번에 좁아지며 아무것도 남지 않았다. 주마등처럼 여러 얼굴들이 뒤엉키고 팔다리의 실핏줄이 터졌다. 중력에 도전하면 빈번하게 경험하는 일이었다. 막중한 압력을 버티는 건 만만치 않았다. 그러나 수년의 훈련 후, 은하는 항공 생리 훈련의 최고 난이도에 도전했다. 오직 심장과 숨만 존재하는 모험이었다.

"멈추지 마시고 계속 호흡하세요. 10G…… 11G……

12G 도달했습니다. 5초 유지합니다."

조종사가 버틸 수 있는 최대치가 9G였던 시절이 있었다. 고래자리 타우 별 근처에서 개척 가능한 슈퍼지구들이 발견된 후 인간은 기술 발전의 황금기를 이루었다. 생명체 거주 가능 영역에 해당하는 행성계가 등장했다. 인류는 본격적으로 강한 힘과 미래를 갖고자 총력을 기울였다. 그 결과 범국가적 '낙원 프로젝트'가 출범했다. 이주 가능한 슈퍼지구를 개발하고 완성하는 프로젝트였다. 이를 기점으로 과학은 비약적인 성장을 이루었다. 중력 가속 훈련만 해도 그랬다. 현대의 인간들은 9G가 아닌 90G의 중력도 견뎠다. 첨단 코팅 섬유 우주복과 압력 제어 장치의 발명 덕이었다. 훈련관이 모니터에 뜬 수치를 읽었다. 95…… 96…… 97…… 98…… 99G……. 은하도 근육을 긴장시키며 시선을 고정했다. 숨을 내쉴 때마다 푸른 불이 번뜩였다. 그는 시야에서 불꽃을 놓치지 않으려 초인적인 힘을 발휘했다. 이윽고 계기판이 100G를 표시했다. 은하는 서서히 스틱을 놓았다. 스피커에서 흥분에 찬 교관의 목소리가 울렸다.

"최고 기록 갱신입니다. 축하합니다! 100G 돌파. 신기록입니다! 역시 촉망받는 인재답습니다."

기체의 속력이 원상태로 돌아왔다. 아래로 쏠렸던 혈액

과 오장육부가 제자리를 찾았다. 은하는 안도의 한숨을 쉬었다. 드디어 체중의 100배를 견뎠다. 이로써 낙원 프로젝트 총괄 책임자 후보에 당당히 이름을 올렸다. 각국의 추천을 통해 선발된 대원들은 다섯 가지 훈련을 거쳤다. 장비 조작, 응급 대처, 제한 시간 내 혹한지 적응력, 중력 가속도 내성과 우주 유영 평가였다. 아무리 우수한 인재라도 전 과정 합격점을 받지 못하면 낙원 지구에 갈 수 없었다. 우주는 각박하고 예상치 못한 재해가 터지는 곳이었다. 작은 실수도 생존과 직결되기에 역량 검증은 필수적이었다. 정신과 신체의 한계를 시험하는 훈련을 통과할 수 없다면 그 어떤 권세가라 해도 참여가 불가능했다. 은하는 모든 과정의 최고 기록을 갱신했다. 프로젝트 유망주로 떠오른 건 당연한 결과였다. 그것도 최연소 팀장 후보였다. 이제 은하는 최종 훈련만을 남겼다. 해치가 열리자 화려한 플래시 세례가 터졌다. 그 속에서 환호하는 군중이 보였다. 인턴들, 취재원들, 결과를 지켜본 수많은 사람들이 붉은 라인 뒤에서 우레와 같은 박수를 보냈다. 큼직한 중계 스크린이 기계 내부를 비추었고, 외신 기자들은 마이크를 앞다투어 밀면서 질문을 쏟았다.

"동양인으로서 랭크 인 하신 소감이 어떻습니까? 최초인데요!"

"마지막 단계를 앞둔 마음과 앞으로의 계획은?"

"기록 갱신의 비결이 있습니까? 한국만의 특수한 훈련법이 있나요?"

관중 사이에서 한 소녀가 틈을 비집고 은하에게 사인지를 내밀었다. 은하가 그걸 받아 들자 다시 플래시들이 터졌다. 편모 가정에서 자라 제1 선발대 최연소 팀장 자리를 차지한 은하는 전 세계 소녀들의 우상이었다. 모든 기록이 머리기사로 뽑혀 각 신문사와 방송국에 보도되었다. 다소 과장된 이력엔 민망했지만 나쁠 거 없었다. 은하가 소녀에게 이름을 묻는 동안 다른 기자가 끼어들었다.

"시험 보고서 인증 건이 해결되지 않으면 우주행을 포기하겠다는 말씀도 하셨는데요. 그럼에도 최고 기록을 갱신 중인 건 어떤 의미인가요? 검증원이 위조 사실을 승인하지 않는다면 정말 프로젝트를 포기할 생각이십니까? 그동안 받은 국가 지원은 어떻게 되는 건가요?"

"저는 지구인들이 낙원 프로젝트라는 인류의 위대한 도약을 위해 최선을 다하리라 믿습니다. 저 또한 맡은 자리에서 노력할 것입니다. 이건 결코 별개의 문제가 아닙니다. 제 개인적인 이득을 위한 일도 아닙니다. 하이드로-세슘 우주선의 신뢰를 위한 일입니다. 주장을 철회할 생각은 없습니다."

기자들이 몸싸움을 할 조짐이 보여 은하는 빠르게 사인을 마무리 지었다. 소녀에게 종이를 내밀자 그 애는 상기된 뺨으로 받아 들었다. 사람들의 성화에 작은 몸이 선 밖으로 밀려나면서도 반짝이는 눈을 은하에게 고정했다.

"소장님이 부르십니다."

직원이 달려와 은하에게 알렸다. 기회를 틈타 은하는 카메라에게 목례하곤 발을 돌렸다. 경비들의 제지로 사람들이 더이상 쫓아오지 않자 은하는 긴장했던 목덜미와 어깨를 주물렀다. 100G를 버틴 몸이 지상에 덜 적응해 붕 뜨는 기분이었다. 약간의 구토감이 치밀었다. 사람들의 시선이 없는 곳에서 푹 쉬고 싶었다.

긴 복도를 걷는 동안 실험실 유리에 잔상이 비쳤다. 두툼한 푸른 여압복은 본래의 몸을 두 배 정도 키웠다. 손발목의 조임 장치를 풀며 은하는 지금까지의 과정을 회상했다. 여러 번의 이직 끝에 우주 개발 기구에 입사했고, 프로젝트 참여 기회를 얻었다. 그곳에서 스스로도 몰랐던 능력을 깨달았다. 자격 요건을 충족하는 건 전 세계에서 500명도 되지 않았다. 그만큼 힘든 난관들을 거쳤다. 이제 마지막 단계만 남았다. 심장이 세차게 뛰었다. 기대와 설렘인지 긴장과 두려움 때문인지 구분하기 어려웠다. 은하는 보고서를 가지러 사무실에 들렀다. 희보를 들은 동료들이 앞다투어 축하의 말을 건넸다. 의례적인 인사로 화답하며 은하는 손수건을 꺼내 얼굴을 닦았다. 옷의 잠금쇠를 느슨히 풀자 피가 통했다. 바람이 들어 살 만했다. 그때 책상 위 휴대폰이 울렸다. 해수였다. 속보로 발표된 테스트 결과를 접한 모양이었다. 은하는 통화 버튼을 눌렀다. 1초도 걸리지 않아 해수가 전화를 받았다.

"축하해. 100G라니, 자랑스럽다."

"아, 오늘 맛있는 거 먹자."

"뭐 먹고 싶은데?"

"음, 튜브에 든 거나 건조식만 아니면 되는데. 우주에 가면 실컷 먹을 테니까."

짐짓 말투에 잘난 체를 섞자 해수가 웃음을 터트렸다. 대학 졸업 후에도 해수와 은하는 동거했다. 누가 먼저라 할 것 없이 자연스레 전세금을 모아 방을 찾았다. 해수는 해양 연구원으로 취직했고, 은하는 대기업의 신에너지 개발부에 종사하다 우주 개발 기구로 이직했다. 은하는 과연 자신이 해수와 함께하지 않았다면 다른 삶을 살았을지 생각했다. 특별한 대안은 떠오르지 않았다. 은하의 방엔 아직 고래자리 근처의 푸른 별 사진이 있었다. 자신이 결국 그곳으로 향할 운명에 발을 담갔음을 알았을 땐 전율마저 느꼈다. 은하가 해수에게 말했다.

"매운탕처럼 얼큰한 거. 그거 먹자."

"그래. 재료 사다 놓을게."

"만들어 줄 거야?"

"당연하지."

어른이 되어도 해수는 여전히 희고 말랐다. 그 손으로 고기를 다듬고 간을 맞추는 생각을 하면 가슴 한편이 시큰했다. 마지막 훈련을 통과한다면 은하는 몇 년간 해수를 떠나 우주에서 살아야 했다. 대학 시절부터 지금까지 그 애가 없는 삶을 상상한 적 없었다. 그러나 둘에겐 점점 새로운 장래가 다가왔다. 그게 어떤 빛의 미래를 열지 아직 가늠할 수 없었다. 은하는 해수에게 고맙다는 말을 전하고 통화를 종료했다.

갈무리한 보고서를 확인 후, 은하는 소장실로 향했다. 길목에 '블루 라비린스'라는 거대한 수영 시설이 보였다. 마지막 훈련이 이행될 장소였다. 은하는 눈대중으로 건물의 크기를 쟀다. 갑자기 심장이 요동치더니 발끝으로 피가 몰렸다. 은하는 황급히 심호흡을 했다. 큰 숨을 들이마신 뒤 5초를 세웠다. 흔들리면 안 된다, 정신을 똑바로 차려야 한다, 아직 보고가 끝나지 않았다……. 은하는 해수가 만들 매운탕의 맛과 향을 떠올리려 애썼다. 뜨끈한 국물을 기억하자 다시 전신의 피가 돌며 심박수가 안정되었다. 기자의 질문이 생각났다. 시험 보고서 위증 건이 해결되지 않으면 프로젝트에서 하차하실 건가요? 은하는 마음을 다잡았다. 훈련에서 최고 성적을 내려 분투한 건 조금이라도 발언권을 얻고 싶어서였다. 범국가적 기록을 갱신한 인력을 탈락시키면 그만큼 큰 손실이었다. 은하는 스스로를 담보로 도박을 걸었다. 이번은, 무슨 일이 있어도 불가능이란 단어를 가능으로 바꾸고 싶었다. 이건 자신뿐 아니라 해수, 그리고 앞으로 낙원 지구로 향할 세대들을 위한 도전이었다.

✳

　하이드로-세슘(Hydro-Caesium). 은하를 낙원 프로젝트까지 이끈 기점은 이 신원소의 발견이었다. 환경 오염으로 산성화된 국내 바다의 시료를 분석하던 중 새 물질이 발견되었다. PH미터, 유/무기물, 질소와 탄소 포화량 등 다양한 항목을 조사하던 때였다. 심해수 중금소 함유도 검출 자료에 특이한 수치가 등장했다. 반복적으로 예외적인 데이터가 떴다. 처음엔 기계 결함인지 점검했지만 분광기는 멀쩡했다. 본래 원통형 체임버에 전류를 흘려 자기장을 유도하면 플라즈마가 생긴다. 에어로졸이라는 비말 상태로 심해수를 만들어 분사하면 다양한 파장들이 떴다. 원소들의 개별 스펙트럼 지문을 비교해 바닷물의 구성 성분을 알 수 있었다. 그런데 이번엔 생소한 청색 띠가 계속 발견되었다. 학자들은 핵분열 시 발생하는 세슘-137이 아닌지 추측했다. 과거 핵폐기물들을 바다에 버리는 일이 빈번하여 오염수가 샌 자리에 이 방사성 동위 원소가 등장하곤 했다. 하지만 관측 결과, 이 물질은 세슘-137과 전혀 다른 반응을 함이 밝혀졌다. 예를 들어 황산염 환원 박테리아와 황산 이온을 세슘에 뒤섞으면 크리스탈 결정체로 변했다. 반면 이 물질은 에너지를 뿜으며 반짝이는 푸른 피처럼 흘렀다. 지금까지 알던 지구의 물질과 완전히 다른 메커니즘이었다. 바다가 구성 성분을 탈바꿈한 듯 기이한 현상이었다.

과학자들은 이 물질에 하이드로-세슘(H-Cs)이라는 이름을 붙이고 본격적인 연구에 착수했다. 하이드로 세슘을 활용하면 현존하는 세슘 원자시계보다도 정밀한 측정이 가능했다. 어쩌면 전 세계에서 가장 강력한 에너지로 원전마저 대체할 가능성도 있었다. 신 에너지원 자체를 발견했으니 그야말로 획기적이었다. 산업체들도 하이드로-세슘에 주목했다. 이 원소는 오직 깊은 바닷속에서만 추출되었다.

국가는 은하와 해수의 회사에 공동 연구를 의뢰했다. 둘은 밤잠도 미루고 하이드로-세슘에 매진했다.

"이건 우리가 생각했던 그 이상이야."

은하도 이 원소에 매료되었다. 하이드로-세슘의 성질은 정말 오묘했다. 물에서 태어났으나 물과 반응했다. 반면 유기질과 닿으면 구조를 변화시키고 혼란을 일으켰다. 은하는 프러시안블루를 떠올렸다. 방사성 세슘-137을 분해하려면 이 물질이 필요했다. 그것들은 자신의 공간 내부에 세슘 이온을 받아들여 흡착했다. 프러시안블루를 삼키면 몸속에 스민 방사능의 반감기를 줄일 수 있었다. 내장이 파괴되기 전 깊은 푸른색이 방사능 원소를 품고 배설되었다. 반면 하이드로-세슘은 프러시안블루와 만나 은청색으로 빛났다. 희석한 하이드로-세슘에선 미미한 꽃내음이 났다. 자신의 이질성을 드러내는 그 냄새는 물망초 향과 비슷했다. 하이드로-세슘은 고체도 액체도 아니었다. 매 순간 성질을 예측하기 어려웠다. 그건 주변 환경에 따라 본질을 바꾸었다.

하이드로-세슘의 쓰임은 우연히 밝혀졌다. 발견자는 해

수였다.

백신 연구를 위해 가져다 놓은 어항이 있었다. 사람과 비슷한 척추와 유전 정보를 가진 바다 물고기가 안에 살았다. 그날도 해수는 연구하는 김에 야간 당직을 섰다.

밤이 깊었다. 불 꺼진 사무실은 고요했다. 해수는 모니터 앞에서 일에 열중했다. 가끔 어항에서 물이 튀기는 소리가 들렸다. 새벽 2시였다. 안구가 건조해 눈물이 흘렀다. 해수는 잠시 눈을 감고 기지개를 폈다. 연구실은 적막했다. 의자 등받이에 몸을 기대자 노곤했다. 눈꺼풀 너머로 은하의 얼굴이 떠올랐다. 가까운 사람이 가장 먼 존재처럼 기억나는 때가 있었다. 당직이니 먼저 자라고 보낸 메시지를 매만졌다. 첫차를 타려면 몇 시간 더 기다려야 했다. 해수는 그림자가 만개한 새벽 창밖을 바라보았다. 사무실 안과 바깥의 어둠은 저마다 다른 빛이었다. 누군가는 밤이 두려워 당직 날이 달갑지 않다고 했다. 그러나 해수는 이상하게 어둠이 두렵지 않았다. 억지로 주어진 게 아닌 자연스러운 이치로 물든 밤은 좋았다. 달은 유난히 희고 밝았다. 해수는 인터넷 창을 열어 음악을 키곤 창가로 걸었다. 하늘을 올려다보면 새하얀 천체와 눈이 마주쳤다. 그걸 오래 응시하자 빛이 천천히 흔들렸다. 잔상의 궤적은 아련한 눈물처럼 번졌다. 해수는 부러 눈을 깜박이지 않았다. 뻑뻑한 안구가 아파올 때까지 버텼다. 달은 심하게 흔들렸다.

물망초 냄새가 풍겼다.

해수는 뒤돌았다. 어항에 켜진 푸른 등이 보였다. 대부분의 물고기들이 저마다 바위나 풀 틈으로 들어가 잠을 청하는데 오직 한 물고기만 빈 공간 속을 떠다녔다. 해수는 물고기를 자세히 관찰했다. 그건 쉴 새 없이 입을 뻐끔대며 헤엄쳤다. 해수를 알아차린 듯 정면의 유리에 얼굴을 가져다 댔다. 해수는 물고기의 입을 바라보았다. 건드리면 톡 부서질 것처럼 작았다. 입은 잠시도 쉬지 않고 물을 삼켜 아가미로 뱉었다.

"무언가 말하고 싶니?"

동화적인 발상임을 알면서도 해수는 물고기에게 물었다. 과학자로서 어울리지 않는 행동이란 생각에 웃음이 피식 나왔다. 하지만 물고기는 해수의 말을 알아들은 것처럼 제자리에 딱 멈추었다. 해수의 표정이 굳었다. 자신도 모르게 주변을 둘러보았다. 아무도 없었다. 해수는 물고기의 꼬리 덕에 물결이 넘실거릴 때마다 물망초 향이 풍기는 걸 알아챘다.

물에서 살아온 이 생물이 목소리를 가지면 무엇을 처음

으로 말하고 싶을까. 해수는 유리에 입을 맞출 만큼 얼굴을 가까이했다. 물고기는 정지했다. 은백색 지느러미로 중심을 잡으면서 척추를 흔들어 해수에게 다가왔다. 서로가 가까워진 찰나 사료용 스포이트가 보였다. 해수는 몇 알을 넣자는 생각을 했다. 그날 밤은 모든 게 논리적이지 않았다. 다만 필연적이었다. 해수는 훗날 그렇게 회상했다.

스포이트로 물고기 밥을 넣었다. 물망초 향이 몇 배로 진해졌다. 물에 떨어진 건 알갱이가 아니었다. 사료가 아닌 이질적인 물질이 어항 속으로 퍼졌다. 가슴이 섬찟했다. 해수는 황급히 옆을 살폈다. 비커에 든 건 액체도 고체도 아닌, 희석한 하이드로-세슘이었다. 어째서 이게 그날 그곳에 있었는지 누구도 알지 못했다. 달빛에 홀렸는지, 물망초 냄새에 취했는지, 해수가 실수로 흘린 하이드로-세슘은 물고기에게 닿았다. 해수는 바짝 긴장하여 어항을 바라보았다. 불가사의한 감각이 그를 사로잡았다. 입술이 둥글게 벌어졌다. 어떤 소리가 길고도 깊게 해수의 몸속으로부터 나왔다. 스스로의 목소리는 아니었다. 자신보다 더 큰 존재였다.

물고기의 질량을 표시하는 계기판이 빠른 속도로 변했다. 전자 저울의 붉은 숫자가 요란하게 움직였다. 본래의 무게는 소멸했다가 표시되길 반복했다. 어항에는 무한히 반짝이는 물고기의 눈, 아가미, 지느러미, 비늘이 있었다. 물은 그 몸을 투과했다가 아니었다가 하였다. 마치 아득한 우주에서 깜박이는 변광성 같았다. 물고기의 크기나 모습은 달라지지 않았다. 다만 영혼이 되었다 돌아오는 것처럼 흐려졌고 다시 선명했다. 해수는 눈을 비볐다. 계기판을 재차 확인했다. 여전히 수치는 마구잡이로 변했다. 해수는 물의 인과율이 파괴되는 장면을 날 샐 때까지 응시했다.

하이드로-세슘은 질량을 허수로 만드는 원소였다.

이 발견이 보고되자 학계는 발칵 뒤집어졌다. 어떻게 이런 일이 가능한지, 거짓은 아닌지 열띤 토론이 이어졌다. 만약 이런 원소가 존재하는 게 맞다면 지금까지 생각했던 모든 학설을 뒤집어야 할 수준이었다.

하이드로-세슘이 효과를 발휘하려면 몇 가지 조건이 필요했다. 적절한 농도, 바닷물이나 혈액처럼 특정 성분이 함유된 액체와의 혼합, 대상 유기물과의 접촉, 마지막으로 압력이 필요했다. 조건이 갖춰지면 특수한 작용이 일어났다. 질량-에너지 등가 법칙을 뒤집는 획기적인 발견이었다. 인간이 알던 세상의 법칙은 모든 에너지가 질량을 가진다는 것이었다. 공식에 의해 질량은 에너지로 변환될 수 있고, 최소 질량이 0이라면 존재 가능한 최고 속도는 빛을 능가할 수 없었다. 그러나 하이드로-세슘을 활용하면 질량을 허수로 바꾸는 게 가능했다.

순간 사라진 것처럼 보였던 물고기의 에너지는 우리의 의식을 넘는 방식으로 존재했다. 허수로 존재한다는 명제는 너무 모순적이라 최초 발견자인 해수조차 믿지 못했다. 그러나 추후 이뤄진 실험에서 하이드로-세슘은 일관된 반응을 했다.

허수로 존재하는 일은 가능하다! 누군가는 여전히 미친 소리로 여겼으나 해수와 은하는 연구를 거듭하며 확신했다. 타키온* 같은 가설적 입자들이 이전에도 비슷한 현상을 설명했다. 에너지와 질량을 모두 잃어 허수가 되면 속도는 빛 이상으로 나아갔다. 하이드로-세슘은 우리가 사는 세상이 불안정한 장으로 형성되었다는 것과 그럼에도 다음 차원이 존재한다는 걸 밝혀냈다.

완전한 소멸은 죽음과 동의어였다. 그렇다면 부분적인 소멸 또는 일시적인 소멸은 무어라 부를 수 있을까? 해수와 은하는 일시적으로 허수가 되는 질량을 통해 무한대 속도

---

* 빛의 속도보다 빨리 움직인다는 가설적 입자. 이론적으로 존재한다면 질량은 허수로 추정한다. 에너지를 얻을수록 속도가 느려지므로 에너지가 가장 클 때는 빛의 속도이며, 에너지를 모두 잃어 허수가 될 때는 무한대 속도가 된다.

로 나아가는 기술을 고안했다. 즉, 하이드로 세슘 메커니즘을 활용한 반-타키온(half-tachyon) 엔진을 고안했다. 이 엔진은 공개되는 동시에 여기저기에서 상용화하자는 러브콜을 받았다.

최초로 투자 유치를 제안한 건 국가였다. 요청한 분야는 군용 사업이었다. 안보를 위한 잠수정 개발에 엔진을 사용하고 싶다 했다. 전례 없이 거액의 예산이 책정되었다. 연구소와 기업들은 앞다투어 이를 수주했다.

하이드로-세슘 엔진 개발은 신세계였다. 익숙했던 세상의 규칙을 뒤엎을수록 진전이 있었다. 연구는 때로 당황스러웠고, 두려운 과정이었다. 한편으론 사고의 지평이 깨어지는 희열을 느꼈다. 예를 들어, 실제 세계에서 물질들은 중첩할 수 없었다. 정지한 물질도 질량은 있으므로 두 사람이 동시에 한 지점에 서는 건 불가능하다. 그러나 질량이 허수가 되면 같은 자리에 두 사람이 공존하는 일도 가능하다. 허수가 되는 일은 영혼이나 천사들의 이야기 같았다. 은하와 해수는 이 원소가 왜 심해에서만 발견되는지 한참 토론했다. 방정식의 언어로 이를 풀고자 애쓰면서 둘은 점점 하이드로-세슘에 흠뻑 빠졌다. 매일 하이드로-세슘의 비밀을 꿈꿀 정도였다.

잠수정 개발 사업은 겉보기에 순조로웠다. 하이드로-세슘은 극소량으로도 기존 동력에 비해 3000배 이상의 추진력을 발휘했다. 그만큼 위험 부담도 컸다. 속도가 빠르면 반작용으로 조류의 영향도 커진다. 이때 압력의 균형이 깨지면 큰 인명 피해로 번질 수도 있었다. 기술부 소속이었던 은하는 이런 결함을 최소화하려 애썼다. 유성처럼 바다를 가로지를 군함을 설계했다. 인간의 손에서 탄생한 물체가 거대한 바다를 무엇보다 빠르게 지날 미래는 경이로웠다. 다만 은하의 마음에 걸리는 점이 하나 있었다.

다섯 번의 무인 테스트를 마친 후였다. 최종적으로 유인 테스트만 남았다. 이걸 끝내면 석 달 후 군 간부들과 대통령을 초빙한 출항식이 있을 예정이었다. 팀장은 마무리에 박차를 가하라고 지시했다. 사업을 승인한 국방부 장관은 기업 회장과도 각별한 사이이므로 더 신경을 쓰라고 했다. 은하는 테스트 보고서를 검수했다. 그러다 미미하지만 눈에 띄는 수치를 발견했다. 시범 테스트에서 거듭 소음이 발생했다. 은하는 안전구를 착용하고 직접 잠수정을 점검했다. 설계도는 완벽했다. 그러나 같은 지점에서 소음이 반복되었다. 잠수정이 테스트를 마치고 귀환한 직후였다. 상부는 사소한 수치는 넘어가라고 지시했다.

"미치겠네. 대체 뭐가 문제지?"

하지만 은하는 원인을 찾고 싶었다. 오류를 허투루 넘기면 안 될 것 같았다. 하이드로-세슘은 밝혀지지 않은 속성이 많은 원소였다. 섣불리 넘겼다간 무슨 일이 생길지 몰랐다. 은하는 소음이 보고된 부근부터 샅샅이 조사했다. 소음은 잠수정의 후방에서 발생했다. 은하가 기기들을 직접 점검하던 그때, 잔여물 배출구의 일부 부품이 미세하게 일그러진 걸 발견했다. 손톱보다도 얇은 휨이었지만 어떤 직감이 뇌리를 스쳤다. 잠수 시간이 길어지거나 추진력의 강도를 조절할 때 이상이 발생했는지도 몰랐다. 은하는 부품자료들을 검토했다.

"표준 안전성 검사에서 이 정도 고압은 견딘다고 나왔는데……."

잠수정 제조에 사용된 자재들은 국가가 지정한 검사를 통과했었다. 분명 신뢰할 수 있는 품질이어야 하는데 특정 강도의 압력을 줄 때마다 소음이 나타났다. 이는 보증서에 명시된 부분과 달랐다.

은하는 팀장을 찾아갔다. 부품과 압력의 상관관계에 의문을 제시했다. 그의 답변은 의외였다.

"글쎄. 이제 와 부품을 교체하긴 비용이 너무 많이 들어.

벌써 출항식이 한 달 후인데 시간이 없어."

"하지만 분명 이 지점에서만 손상도가 뜹니다. 자료를 보십시오. 재료의 성질 때문인지 부품의 하자 때문인지 몰라도 해결해야 합니다."

"지금까지도 별 이상 없었잖나. 보증서도 있는데 전면 교체 같은 걸 하면 효율성 떨어진다고. 벌써 보도도 꽤 나갔어. 시민 사회에서 군수 산업에 예산이 너무 드는 거 아니냐며 난리니까, 오점을 남기면 안 돼. 이번에 잘하면 대중들 상대로 레저 상품도 런칭할 예정이고……."

"아니, 그렇기 때문에 더 철저히 원인 규명을 해야 하지 않습니까."

"부품보단 기술부가 계산한 수치에 오차가 있는 듯해. 측정값을 수정해 다시 보내게."

"그건 몇 번이나 결재를 올렸습니다. 이전까진 언급도 하지 않으셨는데, 정확히 어떤 수치입니까?"

"그건 자네가 알아서 해야지! 일일이 가르쳐 주어야 하나? 내가 자네 부모야?"

팀장은 호통하며 더이상 말하지 않으려 했다. 그의 강경한 태도에 은하도 주장을 잇지 못하고 물러섰다. 그러나 은하가 보기에 부품들은 명백히 하이드로-세슘을 감당하지 못했다. 이후에도 몇 번이나 휨 증상이 나타났다. 팀장은 그 때마다 눈 가리고 아웅 하는 식으로 곁가지들만 고치라 지시했다. 은하는 그가 왜 고집을 부리는지 의아했다. 우수한 품질의 대체제는 많았다. 안전과 관련한 문제가 발생하는데 시정하지 않을 이유가 없었다. 은하는 끈질기게 부품 관련 안을 올렸으나 반려되거나 누락되기 일수였다. 답답함이 턱 끝까지 올라왔다. 은하는 해수에게 이를 불평했다.

"같은 지점에서 소음이 발생한다고?"

"그래. 그런데 도통 팀장이 말을 들어먹질 않아. 엄한 분야를 전수조사 하질 않나, 의전 준비로 직원들을 하루종일 세워 두지 않나……. 지금까진 극소량이었으니 괜찮았더라도, 출력을 높일 때 그게 체임버를 막으면 어쩌려고? 승조원들을 다 죽일 셈이야?"

"영 꺼림칙한걸."

자초지종을 들은 해수의 표정이 사뭇 심각했다. 한참 생각에 잠겼던 그는 컴퓨터를 켜 회사 네트워크와 자료들을 검색했다. 해양 사고 보고 계통도, 재무재표 및 오래된 뉴스들이 화면에 떴다. 해수는 그것들을 순서대로 정리한 후 가만히 응시했다. 별안간 툭 던지듯 말했다.

"부품 업체가 전에 군수품 사업도 했었네. 우리 사업도 국방부 승인이었지. 지금 배의 소유주…… 그러니까 사업으로 가장 이득을 보는 사람이 누구더라?"

잠시 둘 사이에 무거운 침묵이 감돌았다. 모니터를 뚫어지게 보던 해수는 빠른 속도로 메모를 시작했다. 내용을 보던 은하는 손톱 밑을 가시에 찔린 것처럼 소스라쳤다. 해수가 지적하고자 하는 바를 알아차렸다. 원가를 부풀려 차액을 갈취하는 비리와의 연루, 그것도 국가사업과 기업 간 유착을 언급하는 것이었다.

"그건 왜?"

은하는 해수가 짚는 바를 알면서도 부러 다시 물었다. 가슴이 콱 막히며 호흡이 가빴다. 해수는 은하를 쳐다보지도 않고 자료들을 한데 모아 파일을 만들었다. 감정이 비치지 않을 만큼 냉엄한 해수의 목소리가 들렸다.

"알잖아. 팀장 선에서 해결할 문제 아닌 거."

"그럼 어떡하려고."

"감사팀에 갈 수 있겠어?"

"……아니."

은하는 두통을 느꼈다. 내부 고발은 절대 만만한 일이 아니었다. 배의 출시까진 고작 한 달 남았다. 이 이상 문제를 일으켜 좋을 일 없었다. 해수의 추측대로면 기술부가 아무리 충고해도 부품을 교체하지 않는 상부의 태도가 설명되었다. 그러나 일개 직원이 이를 폭로한다? 그건 너무 위험했다. 납품 비리 근거를 모으는 것도 상당한 노고였고, 법이 자신을 보호할지도 확신이 없었다. 진수식 한 달 전 이를 터트린다면 회사에 찍히는 건 시간문제였다. 은하는 고개를 저었다. 어떻게 들어간 곳인데 생업을 잃을 수는 없었다. 은하는 해수를 만류했다.

"됐어……. 내 노파심이었을 거야. 우리 회사 일이니 내가 알아서 할게."

"증언이 필요해. 힘들면 말해. 나라도 할 테니. 네가 익명으로 제보하면……."

"아니, 그만. 됐다니까? 생각해 보니 팀장의 지적도 일리가 있어. 그것부터 재검토 해야겠어."

"진심이야? 이미 몇 번이나 했다며."

"응."

해수의 날카로운 눈빛이 은하를 향했다. 은하는 시선을 맞추지 못하고 고개를 돌렸다. 하지만 자신도 진심이었다. 은하는 해수가 어떻게 빠른 속도로 맹점을 짚는지 알았다. 해수는 종종 언니의 죽음에 관한 진실 규명 위원회에서 활동했다. 몇 년이 지나도 이 활동은 지속되었다. 해수는 한 시간이나 언니를 구할 시간이 있었는데 구하지 못한 점, 무엇도 못할 정도로 위급한 정신임에도 선장이 특정 기관에 연락한 점, 사고 원인 규명이 명확치 않은 점 등을 자주 토로했다. 미미한 해명엔 조작된 부분이 많았고 명쾌한 답은 없었다. 모든 걸 지나며 해수에겐 의문과 추적의 습관이 배었다. 해수는 큰 소리가 나도록 자판을 두드렸다. 은하는 저도 모르게 뒤로 물러섰다. 해수는 은하를 돌아보지 않았다. 굳게 다문 입에서 분노가 느껴졌다. 심박수가 빨라지며 몸이 떨렸다.

그렇지만 왜 다시 우리야. 은하는 생각했다.

은하도 증언을 목격한 적 있었다. 은하의 아버지가 죽고 그 동료가 피의자로 몰렸을 때였다. 결백한 사람을 지키려 수많은 이들이 증언했다. 아버지의 죽음과 죽음 이전, 이후에 대해 끊임없이 이야기를 들었다. 그동안 다들 지쳐갔다. 어렸던 은하는 그것이 무엇을 위한 증언인지 몰랐다. 증언의 모습들은 피폐하고 끔찍했다. 한 사람을 살리려면 너무 많은 고통이 필요했다. 진실을 말하는 이들의 볼은 움푹하게 비었다. 승리를 얻어도 그들은 기뻐하지 않았다. 공허한 구멍의 감각을 풍기며, 노곤한 몸을 끌어 제자리로 돌아가 술을 삼키거나 쓰러져 잠들 뿐이었다. 그걸 보면 증언이란 마치 하지 말아야 할 금기처럼 느껴졌다.

여전히 굳은 얼굴이던 해수의 눈이 번뜩였다. 서늘한 푸른 빛이 스쳤다. 은하는 다리의 힘이 풀렸다. 목구멍이 조이고 스트레스로 눈물이 났다. 은하는 더듬거리는 목소리로 해수의 등에 대고 말했다.

"가끔은 네가 무서운 거 알아? 무언가 미친 사람처럼……."

"하이드로-세슘은 내게도 소중한 원소야. 이대로 그냥 둘 수 없어."

"그건 알아. 하지만……."

"이거라도 없었으면 내가 살아 있었을 거 같니?"

빈틈없이 단호한 해수의 목소리에 은하는 입을 다물었다. 화를 삭이던 해수는 다운받은 자료들이 정리되자 비웃음을 지었다. 은하는 생각했다. 너는 강해, 하지만 난 너만큼 강하지 않아. 은하가 고개를 숙였다. 해수는 모니터에만 시선을 고정했다. 완전히 담담한 목소리로 물었다.

"네가 못하겠으면, 내가 할까?"

은하는 대답하지 못하고 방으로 들어갔다. 이후 둘은 한동안 자료를 공유하는 때를 제외하고 일절 대화를 나누지 않았다.

＊

　진수식 전까지 이중고의 날들이 펼쳐졌다. 해수는 연구
데이터를 정리하고 보고서를 쓰며 납품 비리 자료까지 모
았다. 은하는 자신이 회사의 뒤를 캔다는 사실을 철저하게
숨겼다. 해수에게 자료를 보내면서도 직장에선 함구했다.
은하는 과학자의 경고에 사람들이 귀 기울이길 바랬다. 해
수는 은하를 순진하다 비웃었다. 그는 권력을 믿지 않았다.
대신 바깥 단체들에게 의뢰하며 사태를 대비했다. 아직 미
디어엔 회사 홍보부가 뿌린 기사가 대부분이었다. 주로 하
이드로-세슘 잠수정을 칭송하는 내용이었다. 이를 전복하
기 위해선 시간과 인력이 필요했다. 한시가 촉박했다.

　이번 승선식에선 한국의 첫 여성 중령과 대위들이 타기
로 예정되었다. 최근 군 간부의 성추문이 있던 바람에 이를
쇄신하려는 이벤트였다. 푸른 고속정 제복을 입고 밝은 미
소로 경례를 올리는 승조원들의 사진이 뉴스를 도배했다.
은하는 마음이 무거웠다. 그러나 고발할 용기는 없었다. 은
하와 해수의 사이도 냉랭했다.

　상부의 태도는 변함없었다. 회의에서 위험도를 피력해도
냉각기 수치를 조절하면 해결될 일이라는 답변이 돌아왔

다. 은하는 정말 자신의 계산이 틀린 건 아닌지 의심했다. 일부 연구진 중 은하에게 동조하는 이들도 있었다. 하지만 경영진과 회의를 한 후엔 번번히 원점으로 돌아갔다. 그들은 예정일까지 성과를 내지 못하는 건 기업의 신뢰 문제라며 기술부를 타박했다. 다들 입을 다물었다.

진수식 2주 전이었다. 기상 악화 조짐으로 일정을 두 주 연기하기로 했다. 행사와 관련한 많은 것들을 조정했기 때문에 상부는 불만을 숨기지 않았다. 그러나 자연이 하는 일에 토를 달 수는 없었다. 은하는 조금이라도 시간을 번 것에 안도했다.

그때, 한 언론이 잠수정 비리 의혹 이슈를 크게 터트렸다.

회사가 발칵 뒤집어졌다. 내부자가 아니면 알 수 없는 정보들이 유출되었다. 회사는 고발자를 찾기 위해 대대적인 면담을 시행했다. 은하는 필사적으로 잡아뗐다. 관계자들은 그를 의심하는 기색이 역력했다. 은하는 해수를 떠올렸다. 언론에 퍼트릴 거면 언질이라도 주지 싶어 야속했다. 퇴근과 동시에 허겁지겁 귀가했다. 새파란 얼굴의 해수가 있었다. 그는 여러 부 복사한 보고서들을 집안 곳곳에 숨기는 중이었다. 자료를 갈무리하는 손끝이 파리했다.

"어떻게 된 거야?"

은하가 묻자 해수도 당황한 목소리로 대답했다.

"상의도 없이 이런 식으로 공개될 줄은 몰랐어. 내가 동의한 건 아니야."

"그러게, 경고했잖아. 우리만 힘들어진다고!"

은하는 너 또한 순진했다며 해수를 비난하고 싶었다. 해수의 안면 근육이 파르르 떨렸다. 은하는 짐을 싸기 시작했다. 커다란 가방을 꺼내 옷가지를 마구 구겨 넣었다.

"뭐 하는 거야?"

해수가 물었다. 은하는 그를 바라보지 않고 손을 움직였다. 마음 깊은 곳에서 한탄이 앞섰다.

"본가로 갈 거야. 상황이 잠잠해질 때까진 거기서 출근해야겠어. 내부 여론이 안 좋아."

"……가지 마."

"그러게, 조금만 더 기다리지 그랬어? 몇 주일만 참으면 식이 끝났을 거고. 그때 나서면 되었잖아! 지금 회사 꼴이 어떤 줄 알아? 네가 몇 사람이나 훼방 놓은 줄 아냐고. 너만 참았으면 아무 문제없었어."

"문제없었다고?"

해수의 목소리에 노기가 어렸다. 은하는 부러 그걸 외면하며 물건들을 챙겼다. 은하의 눈앞에 해수가 억지로 웬 종

80

이를 디밀었다. 경찰서장의 인이 뚜렷한 고소장이었다. 해수는 그곳에 적힌 글씨를 떨리는 손끝으로 짚었다. '고소 사실'이라는 단어 아래 '사실 적시에 의한 명예 훼손과 영업 비밀 누설에 의한 손해배상 청구'라는 문장이 보였다.

"발 빠르게 이런 걸 보냈더라. 너희 회사가."

"세상에 익명 따위 없다고 했지. 다 각오하고 한 짓 아니었어?"

"그래. 애초에 완벽하리라는 생각은 없었어. 하지만 이게 증명하잖아. 사실이라고. 거짓 적시가 아닌 사실이라고."

"때로는 사실도 죄가 돼."

"그렇다고 가만히 있어? 너도 알잖아. 그땐 한 시간이면 되었어. 지금은 한 달. 아니, 이제 2주일 남았지만…… '그때'보단 충분하잖아."

"자꾸 과거를 들먹이지 마! 너만 아팠어? 너만 고통 받았냐구. 산 사람은 살아야지. 나도 먹고는 살아야 할 것 아냐."

"……."

해수는 침묵했다. 그의 아랫입술에서 핏기가 사라졌다. 은하는 짐을 억지로 가방에 밀어 잠갔다. 돌풍이 휙 불며 창문을 흔들었다. 해수의 옷장에 걸린 푸른 카디건이 보였다. 허리끈은 잃어버렸는지 보이지 않았다. 은하는 그걸 지나 현관으로 향했다. 해수가 쫓아와 가라앉은 목소리로 말했다.

"네 말이 맞아. 그러니까 산 사람은 살려야 할 것 아냐……."

은하는 해수의 얼굴을 돌아볼 수 없었다. 그 애는 차분하지만 떨었고, 온 힘을 다해 감정을 누르는 중이었다. 은하에게도 그게 전부 전해졌다. 은하는 가방 끈을 틀어쥔 채 그 애를 보지 않으려 애썼다. 눈을 마주쳤다간 그 애가 호소하는 감정이 밀려들 것 같았다.

"주말에는 올게."

비루한 한마디를 남기고 은하는 해수와의 집을 뛰쳐나왔다. 그게 자신의 최선이었다. 버스를 타는 동안 카톡 메시지 수십 개가 쌓였다. 발신자는 회사였다. 은하는 휴대폰 전원을 꺼 버렸다.

❖

사무실 공기는 이전과 달랐다. 점심시간에 모여 밥을 먹던 사람들은 각자 식사했다. 불신이 빈자리를 채웠다. 은하와 의견을 같이 했던 연구진도 혹여나 배신자로 지목될까

노심초사했다. 은하도 말수가 줄었다. 섣불리 의견을 내면 누군가 밀고할까 두려웠다. 침묵하느라 기를 쓰면 심장이 갑갑하며 숨이 찼다. 은하는 주기적으로 화장실에서 호흡을 토했다. 지린내 풍기는 밀폐 공간에서만 안전할 수 있었다.

사실적시 명예훼손. 은하는 모순적인 어감을 되뇌었다. 두 단어가 병립하는 게 껄끄러웠다. 결백을 증명하는 건 해수의 몫이었다. 행동의 동기가 공익을 위한 일이라는 걸 스스로 증명해야 했다. 하지만 고소장은 명시했다. '그건 사실이다.' 그렇다면 소송의 의미는……. 은하는 머리가 아팠다. 해수는 자신의 정직성과 순수성을 밝혀야 했다. 애초에 명예가 훼손될 행위를 한 건 회사인데도 왜곡될 공포에 떠는 건 해수와 자신이었다. 자꾸 얼굴에 열이 올라 은하는 찬물로 세수를 했다. 이가 부딪힐 정도로 차가웠다. 사무실로 돌아왔을 땐 해수에 관한 이야기가 만연했다.

"솔직히 원자재 값 퉁친 거 누가 몰랐어? 이것도 장사인데, 싸게 사서 이윤 남기는 건 당연하잖아. 눈치껏 관행으로 넘기던 걸 어쩌라는 건지. 저만 잘났어? 다들 알아도 그렇구나, 하고 사는 건데. 이게 무슨 망신이야? 인센티브 깎이면 책임질 건가? 어휴…… 어제도 감사 자료 만드느라 밤을 샜어."

은하는 그들을 지나쳐 자리에 앉았다. 기껏 식힌 열이 다시 올라왔다. 정말 자신만 몰랐던 걸까? 남들은 다 알던 사실을 자신만 무지했나? 그렇다면 왜 진작 일이 커지기 전 시정하지 않았을까? 그동안의 사고 회로가 오작동했다. 익숙한 사무실은 완전히 다른 곳으로 보였다. 그들이 불평하는 손해는 고작 몇 푼이나 잠깐의 불편함이 다였다. 하지만 해수는…….

고소장이 날아온 다음 날, 해수의 직장에선 갑작스러운 부서 개편이 있었다. 해수는 책상도 없는 팀으로 배정되었다. 그동안의 경력과 손톱만큼도 겹치는 일이 없었다. 말 그대로 좌천이었다. 회사는 의도적으로 그를 다른 직원들로부터 고립시킨 후 해고를 통보했다. 본보기성 처벌이었다. 해수는 애써 허리를 꼿꼿이 펴고 직장에 나갔다. 자신이 버티는 한, 누군가 가슴이 서늘하리라 믿었다. 그러나 돌아오는 건 더 강한 징계였다. 해수의 말로를 전시해야만 말 잘 듣는 양을 기를 수 있기 때문이었다.

은하의 회사도 예외는 아니었다. 회사는 직원들의 휴대폰과 컴퓨터를 검사하겠다고 나섰다. 몇은 저항했지만 대부분 고발자로 지목되는 게 두려워 순순히 응했다. 차례차례 물품을 내놓는 동료들을 보며 은하는 묘한 기분에 휩싸였다. 회사는 당연한 권리처럼 이걸 요구했다. 그렇다면 직원들의 권리는? 그동안 익숙했던 시스템이 정반대로 보였다. 출퇴근과 점심시간도 카드를 리더기에 찍어 보고하는, 경비원들에게 허락을 받아야 나갈 수 있는, 소모품처럼 사용하다 쓸모없어지면 다른 부품으로 교체하는, 언제든 너를 대체할 인력이 많다며 협박하고 관리하며 합법적인 연차도 자유롭게 사용할 수 없는 문화. 그럼에도 우리에게 순종하는 한 너는 가치가 있으니 자부심을 가지라고 속삭이는 문화. 명확히 말할 수는 없지만 이곳에서 은하는 은하 자신이기보다 부속품이었다. 부품으로서의 삶이 길어지면 사람은 자아를 상실한 채 인지 구조를 바꾸었다. 조직의 가치가 절대적이니 이를 따르는 게 자아실현이라고 믿었다. 때론 이런 어려움을 극복하는 자신의 삶이 남들보다 뛰어나다 합리화했다. 그게 훨씬 편했다. 비효율적 야근과 회의에 시달릴 땐 관성에 의지하는 편이 나았다. 이를 강요했던 이들의 의도는 성공적으로 먹혔다. 그 결과 비열함의 대물림이 만연했다. 어느새 은하는 이곳이 말 잘 듣는 유아를 기르는 요람 또는 기계를 제조하는 공장처럼 느껴졌다. 은하는 더 이상 그들의 희생양이 되고 싶지 않았다.

외로운 곳에서 버티던 해수의 존재가 가슴 한편에 박혀

빠지지 않은 덕택이었다. 해수가 없는 곳으로 퇴근하는 내 내 은하의 마음은 무겁게 짓눌렸다.

은하는 해수에게 먼저 전화를 걸었다. 통화음은 망가진 폐가 보내는 호흡기 신호처럼 띄엄띄엄 울렸다. 해수가 전화를 받았다. 수화기 너머에선 오랫동안 목소리가 들리지 않았다. 그저 연결된 존재가 사람임을 알리는 가느다란 숨소리가 이어질 뿐이었다. 한참이 지나서야 해수가 말했다.

"너구나."

힘없는 목소리를 듣는 순간 은하는 영혼의 반절이 날아가는 기분이었다. 속에 상한 지느러미가 들어앉은 것 같았다. 그 애의 목소리는 전에 없이 텅 비었다. 삶을 하루하루 견디는 일 외 무엇도 할 수 없는 사람의 목소리, 오래 말을 잃었다가 겨우 성대를 쥐어짜는 목소리, 사무치는 흔들림 가운데 들어앉은 이의 목소리였다. 고개를 숙여 운 건 은하 쪽이었다. 짓무른 숨소리들만 전파를 타고 넘나들었다. 가냘프게 기운 해수의 목소리가 다시 한번 들렸다.

"와 주면 안 돼?"

그 애의 말만큼 진실인 건 없었다. 은하는 해수에게 돌아갔다.

현관으로 들어서는 은하를 해수가 팔 벌려 안았다. 은하는 해수의 품에 얼굴을 기댔다. 둘의 몸이 겹친 자리에 그리운 향이 풍겼다. 해수의 몸에선 신열이 올랐다. 그 허리를 끌어안으면 더 많은 것들이 무너지리라는 예감이 들었다. 인식의 선을 넘는 거대한 붕괴가 일어날지도 모른다는 예감. 그게 선명한 기척으로 들려 숨이 막혔다. 하지만 비정한 세상을 표류하더라도 은하가 존재하길 원하는 곳은 해수의 곁이었다. 해수는 노동위원회에 찾아가 구제 신청을 했다고 말했다. 권고가 나오기까지는 시간이 걸렸다. 하지만 포기하지 않으려 한다고 말했다. 그는 누구도 찾지 않는 회사를 다닐 거라 맹세했다. 해수는 은하의 눈동자를 들여다보며 이렇게 고백했다.

"네가 돌아왔으니까…… 나는 그거면 돼."

해수가 울면 은하도 울 수 있었다. 공명하는 마음만이 은하를 삶으로 이끌었다. 해수도 마찬가지였다.

❋

승선식 하루 전이었다. 최종 회의가 열렸다. 은하는 이제라도 식을 늦추고 재정비를 하자고 주장했다. 파일 케이스 한편에 해수가 작성한 자료를 챙겼다. 내일의 바다 상태도

불안정했다. 지구의 해양 온도가 높아진 탓에 조류가 변덕스러웠다. 은하는 안전을 생각하여 일정을 연기하는 데 힘이 실리리라 기대했다. 자료를 스크린에 띄운 은하는 설명을 시작했다.

"유속이 안정적일 때 출항해야 합니다. 부품 간 연결이 불안정한 상태에서 임계치 이상의 마찰 또는 압력이 발생하면 폭발할 수 있습니다. 출발일을 미루고 신중한 검토가 필요합니다."

좌중의 분위기는 험악했다. 찌푸린 미간으로 책상을 두드리는 간부들이 보였다. 팀장은 그들의 눈치를 보며 안절부절못했다. 경영진 한 명이 불만 가득한 어투로 말했다.

"그래서 그게 대체 언제란 말인가? 우리의 인내심을 시험할 생각인가?"

"기상 상황을 고려하기 때문에 확답을 드릴 수는 없습니다. 그러나⋯⋯."

"이게 바로 기술부가 무능하다는 증거군. 이미 두 번이나 승선식을 미뤘어. 더이상 지체할 수 없네. 그 대답은 우리가 원하는 답변이 아니야."

"하지만 다들 아시지 않습니까. 데이터를 외면하지 마십시오. 윤리를 어기지 말아 주십시오. 자연은 인간의 의지대로 움직이지 않습니다. 이대로 출항하다간······."

"지금 우릴 우습게 보나. 그것도 승선식 하루 전에······. 회사가 봐줄 걸 다 봐주며 지금까지 큰 거 같아? 밤낮 연구실에만 틀어박혀 있으니 이 모양이지. 시장을 보는 눈을 좀 키워. 자연은 사람의 의지대로 움직이지 않지만 그 자연에 맞서 잠수정을 제대로 작동시키는 건 인간의 의지야. 내 눈엔 기술부의 의지 부족을 면피하려는 것으로밖에 안 보이네."

은하는 머리끝까지 열이 올랐다. 그들은 자연과 과학의 잣대를 조금도 이해하지 못했다. 핵심을 간과하는 건 그들이었다. 결국 은하는 폭발하고 말았다.

"눈이 없다 못해 멀어 버린 건 당신들이지! 이게 단지 실적 놀음입니까? 정신 차리십시오. 사람이 죽을 수도 있다구요! 사태의 심각성이 이해되지 않습니까? 바다 상황이 이런데 출항한 배는 지금껏 없었어요! 그래요, 화려한 성공을 자축하며 공을 음미하고 싶으시겠죠. 언론이 떠드는 부정부패는 다음 문제입니다. 발생 가능한 인명 피해는 어떻게 책임질 생각이십니까? 배상금 몇 푼으로 때우나요? 지금까지 그래 왔던 것처럼? 제발 머리가 있다면 생각들을 좀 하세요!"

"진정해, 감정적으로 굴지 마."

사태가 커지자 동료들이 그를 말렸다. 은하는 좀처럼 화를 가라앉히지 못했다. 결국 서류를 내던지며 자리를 박찼다. 평소 그를 알던 사람들도 어안이 벙벙하여 은하가 나가는 걸 바라보았다. 기술부의 몇은 은하를 따라나섰다. 사람들의 수군거림이 회의장을 채웠다. 팀장을 포함한 경영진은 자체 투표를 통해 진수식 강행을 결정한다는 소식을 통보했다.

은하는 모든 일정에 불참을 선언했다. 해수가 떠올랐다.

해수의 직장에는 해고 통지가 위법이므로 시정하라는 권고가 왔다. 해수는 직장 복귀에 성공했다. 그러나 버스로 다섯 시간 걸리는 어촌에 발령받았다. 권고에 대한 보복이었다. 한 달 안으로 신변을 정리해야 했다. 은근한 따돌림도 여전했다. 해수는 이왕 이렇게 된 거 고요한 바닷가 근처에 집을 얻고 생물 도감이나 만들겠다며 농을 던졌다. 하지만 밀려오는 쓸쓸함은 어쩔 수 없었다. 은하는 그 애의 표정을 똑똑히 기억했다.

이직일은 확정되었다. 더이상 은하가 해수를 위해 할 수 있는 일은 없었다. 은하는 자문했다. 정말로 그런가? 할 만큼 했나? 대통령 앞에서 드러눕기라도 해야 했을까? 그 결과를 감당할 수 있을까? 그건 개인의 몫인가? 나는…… 안전한가?

아니, 아니었다. 모든 걸 무너뜨리며 희생하는 건 가능하지 않았다. 은하는 최선을 다했다며 스스로를 다독였다. 심장 한편은 여전히 옥죄었다. 이 불편감에서 벗어나고 싶었다. 진수식은 예정대로 진행되었고, 은하는 사무실 모니터로 출항을 지켜보았다. 한시라도 빨리 행사가 끝나길 빌었다. 이거라도 마치면 마음이 놓일 것 같았다. 모니터에 항구가 나타났다. 흉부 통증이 강해졌다. 은하는 이를 깨물며 화면을 보았다.

기상 상태는 예상대로 불안정했다. 한 시간 정도 식이 미뤄졌다. 물안개가 스몄고 배들이 기우뚱했다. 축축한 비까지 내렸다. 은하는 위장이 쓰렸다. 이제라도 행사가 전면 취소되길 기도했다. 구름이 개자 식은 서둘러 진행되었다. 국기가 게양되고 의례가 이어졌다. 자랑스러운 태극기 앞에 충성을 다할 것을 맹세합니다……. 애국가 연주를 배경으로 장관급 인사와 경영진이 축하의 말을 읊었다. 사업 보고와 기념사가 이어졌다. 내빈 소개가 줄을 잇느라 시간이 꽤 걸렸다. 마지막 순서로 잠수정이 등장했다. 깃발과 끈으로 장식한 몸체는 폭죽과 종이 꽃가루로 호화롭게 덮였다.

오색빛깔의 네모난 조각들은 육중한 덩치를 파먹을 것처럼 들러붙었다.

시범 운행 과정은 전국으로 송출되었다. 팀장이 대표로 꽃다발과 상패를 받았다. 은하는 손톱을 뜯으며 화면을 지켜보았다. 수중 카메라가 켜졌다. 제복을 입은 여성 중령과 대원들이 사람들을 향해 거수경례를 했다. 대한민국의 무궁한 영광을 위하여……. 안개구름으로 침침한 하늘과 대조되어 그들의 새파란 제복이 도드라졌다. 사슴처럼 말간 눈, 단정하고 굳센 입매, 높은 기개를 담은 꼿꼿한 목덜미. 그걸 바라보던 은하는 갑자기 공포에 휩싸여 자신의 손바닥을 내려다보았다. 이상한 냄새가 풍겼다. 개머리판에 배인 화약과 약품 냄새가 뒤섞인 향. 은하는 손을 비벼 그걸 지우려 했다. 냄새는 더 심해졌다. 은하는 강박적으로 손바닥 살을 뜯었다. 손금이 손톱 끝마디에 걸리며 흠집이 났다. 싸늘한 냄새가 진동했다. 모니터에서 우레와 같은 박수 소리가 들렸다. 뒤이어 긴 나팔 소리가 이어졌다. 흰 장갑을 낀 사람들이 진수줄을 끊었다.

"출항을 허가합니다."

차례차례 잠수정에 오르는 승조원들의 뒤로 거대한 문이 닫혔다. 은하는 손바닥에 밴 핏방울을 발견했다. 혈관의 조밀함을 드러낸 상처가 손가락을 구부러트렸다. 은하는 창백한 해수의 얼굴을 떠올렸다. 만약 해수가 건강히 그을린 뺨과 포동포동한 살집을 빛냈다면 우리의 삶은 달랐을까. 피가 손금을 타고 죽 흘렀다. 어느새 손바닥엔 붉은 금이 또렷했다. 신호가 울리자 배는 천천히 물결 아래로 가라앉았다. 대형 스크린이 잠수정 내부를 비추었다. 상기된 얼굴의 관중들이 보였다. 은하는 상처를 가렸다. 손가락 마디를 얽어 기도하는 모양으로 쥐었다. 피가 흐르는 손바닥은 뜨거웠다. 아직 누구도 자신의 상태는 몰랐다. 은하는 제가 틀리기를 바랐다. 어쩌면 내부에서 들었던 소음은 착각이나 기우였을지도 모른다. 정말로 기술부의 계산에 실수가 있었거나 노력 부족이었을지도 모른다. 은하는 해수와 자신이 융통성 없고 우둔한 이였기를, 사익을 위해 타인을 불편하게 만든 이기적인 존재이길 진심으로 바랐다. 그래서 진수식이 끝나면 머쓱한 웃음을 지으며 세상살이가 다 그런 거지 하고 농담할 수 있길. 3분. 잠수정이 움직이는 단 3분만 무사하면 되었다.

잠수정은 평균 네 시간 거리를 그 안에 주파할 예정이었다. 승조원들이 분주히 움직였다. 엔진을 켜자 배는 푸른 빛에 휩싸였다. 계기판이 빠르게 움직였다. 잠수정은 초고

속으로 파워를 올렸다. 여기저기서 감탄사가 터졌다. 열띤 박수가 쏟아졌다. 사회자는 세계 최초 하이드로-세슘 엔진 잠수정의 탄생을 알렸다. 숫자가 한계점을 가리켰다. 승조원은 위치를 보고했다. 유성처럼 쏜살같이 물살을 헤치는 광대한 등선이 카메라에 나타났다. 그건 빠르게 깜박이며 물속을 순간이동했다.

삐리릭, 은하의 휴대폰이 울렸다. 해수였다. 화면의 시계는 출항한 지 1분 30초가 지났음을 알렸다. 통화 버튼을 누르자 해수가 은하의 이름을 불렀다.

쿵 하는 소리가 울렸다. 은하의 등골이 주뼛 섰다. 수화기에서 난 건 아니었다. 그건 모니터 속에서 울린 소리였다. 큰 굉음이 해수의 말까지 덮었다. 대신 은하의 시야를 메운 건 스크린 속 영상이었다.

선내가 크게 기울며 내부 카메라가 뒤집어졌다. 관중들이 비명을 질렀다. 화면에 흰 빛이 번졌다. 승조원들의 반응을 파악할 새도 없이 껌껌한 바다와 황폐한 해구가 등장했다. 고막을 찢는 소음이 재차 들렸다. 바다 눈처럼 하얗고 반짝이는 조각들이 물속에 퍼졌다. 두 갈래 푸른 빛줄기가 구불거리며 심해를 갈랐다. 무슨 일이 일어났는지 볼 수 없었다. 통신기사가 신호를 요청했지만 돌아오는 응답은 없었다. 일방향으로만 송신되는 전자음이 빠르게 세 번, 느리게 두 번 울렸다. 그 후론 잡음만 가득했다. 누구도 말을 잇지 못했다. 목격한 장면을 이해할 수도, 설명할 수도, 증명할 수도 없었다. 바다엔 잠수정도, 승조원도, 무엇도 남아 있지 않았다.

사무실의 모든 이들이 침묵했다. 오직 은하만 얼굴을 감싸며 몸을 고꾸라뜨렸다. 피가 고인 손금은 얼얼했다. 쇠 냄새가 풍겼다. 영혼의 반쪽이 다시 죽었다.

✳

우리는 가난해졌다.

조사 위원회가 열렸다. 하이드로-세슘 엔진은 그 힘만큼 주변과 강하게 마찰했다. 반동은 먼 해역에 이상 파랑을 발생시켰다. 바다의 이변은 공진하며 되돌아왔다. 부품이 일그러졌고 해치가 막히며 삽시간에 폭발로 이어졌다.

은하는 특별 증인을 신청했다. 해수와 수집했던 자료들을 전부 제출했다. 그건 상부가 위원회에 제출한 보고서와 상당히 달랐다. 경영진이 원 데이터를 수정한 정황이 발각되었다. 부품 관련 파트는 페이지조차 빠졌다. 은하의 증언이 없었다면 기술적 결함으로 치부될 뻔했다. 결과 발표는 무기한 미뤄졌다.

매일 은하에겐 악몽이 찾아왔다. 장병들의 환한 미소, 흩뿌려지던 빛의 조각, 심해를 가르는 선연한 하이드로-세슘의 잔해가 은하의 의식을 짓눌렀다. 무엇을 위해 대가를 치렀나. 거센 의혹이 온 신경을 덮쳤다. 은하는 사직서를 제출했다. 승조원들의 유가족이 회사 앞에 천막을 치고 항의했다. 그곳에선 가늘게 흐느끼는 소리, 숨넘어가는 소리들이 들렸다. 농성장을 지나는 출근길은 지옥 그 자체였다. 고통으로 점철된 아우성을 감당할 수 없어 은하는 퇴사했다.

밤마다 푸른 환영들을 만났다. 거대한 해일처럼 천불을 일으키는 빛줄기가 늑골을 관통했다. 은하는 비명을 지르며 깼다. 새벽이었다. 이번엔 은하를 위해 해수가 끈을 가져왔다. 둘은 옛날처럼 손목을 묶었다. 사직서가 수리될 때까지 은하는 사무실에 우두커니 앉아 빈 관의 장례식을 떠올렸다. 식어 버린 몸도, 희게 염한 몸도, 문드러지거나 상한 얼굴도 볼 수 없던 텅 빈 장례식. 아버지의 죽음은 그랬다. 그가 디뎠던 땅의 흙 한 줌만 던져 넣은 채 마지막을 꾸렸다. 장병들의 가족도 육체 없는 관을 받았다. 그걸 생각하면 이명이 일었다. 은하는 사무실 구석의 먼지를 쥐었다 놓으며 하루가 가길 기다렸다. 높은 주파수의 소리가 후두엽을 뒤흔들었다. 시신경에 푸른 불이 번쩍였다.

지방으로 내려가는 날, 해수는 은하에게 함께 가겠냐고 물었다. 해수의 목적지는 바다와 가까웠다. 은하는 귓전에서 들리는 파도 소리가 너무 무섭다고 답했다. 물결을 감수할 자신이 없었다. 해수는 한 번만 같이 그곳에 가 보자고 권했다. 둘은 부러 낡고 느린 기차를 예매했다. 자리에 앉으면 바퀴의 덜컹거림이 고스란히 전해졌다. 파란 의자를 감싼 흰 천에 머리를 기댄 둘은 나란히 출발했다. 성긴 잡풀과 흙더미, 비죽 튀어나온 전봇대, 쓰러져 가는 집들과 삐걱거리는 철로를 스쳤다. 낮은 곳에 핀 야생화와 깨진 돌이 어슷하게 쌓인 담장도 지났다. 은하는 문득 해수가 어린 날처럼 머리를 묶었다는 걸 발견했다. 수수한 고무줄을 두 번 꼬아 묶은 꽁지 너머 정갈한 목덜미가 드러났다. 턱과 목선이 교차하는 지점에서 맥박은 끊임없이 역동했다. 눈부신 햇살이 창틀에 비쳤다. 해수는 그 안으로 손을 넣었다. 유난히 희고 환한 빛이었다.

"가끔 아무 일 없어도 이상한 기분이 들어. 이런 빛깔의 햇살이 비치면 우습지만 언니가 왔다는 생각을 해. 햇빛은 원래 화사했고 우리가 거듭나기 전부터도 빛났을 테니……."

은하는 해수의 손등에 제 손을 겹쳤다. 따뜻했다. 기차는 조금씩 흔들리며 둘을 목적지로 데려갔다. 방향이 선명할수록 이명은 줄었다. 은하는 그래도 바다를 볼 면목이 없었다. 해수는 은하에게 고개를 기댔다.

"내가 왜 그렇게 고집을 부렸을까 생각했거든."

"멍청한 건 나였지. 겁나서 그랬어. 무서워서 그랬어. 그리움 앞에서 무력하면 죽고 싶었으니까……. 다시 그럴까 봐 두려웠어."

"그래도 돌아왔잖아. 난 있지, 네가 죄책감 가득한 눈으로 날 보는 게 싫었어."

"……섣부른 동정심은 아니었어."

"응. 나도 아직…… 언니가 입던 거랑 같은 옷의 아이들이 자전거를 타면 악몽을 꿔."

해수가 이렇게 말하는 바람에 은하는 해수와 함께하기로 결심했다. 그저, 그럴 수밖에 없는 날들이 있었다.

❖

이삿짐을 싸는 건 생각보다 금방이었다. 짐을 정리하던

해수가 푸른 빛으로 휩싸인 별 사진을 발견했다. 은하가 물을 삼키도록 도왔던 사진이었다. 흑색 공간을 둘러싼 광원은 슬픔의 자리였다. 해수는 그걸 갈무리해 두었다. 사진을 건네어 받은 은하는 조용히 눈물을 흘렸다. 스무 살도 되지 않던 때 이 별을 만났다. 어른이 되며 잊었다 되찾은 별의 모습은 먼 세계의 메시지 같았다. 자신의 가슴 속 해수와의 간극이 입을 벌려 은하는 한없이 떨었다.

그날 둘은 예감했다. 우리는 이 별을 통과해야만 한다.

아담한 집을 얻은 해수는 다음 날부터 일을 나갔다. 그는 금방 적응했다. 보고서와 실적에 시달리던 도심의 삶보다 이곳의 속도를 좋아했다. 주 업무는 이상 파랑 예보를 하는 정도였기 때문에 해수는 자체적으로 하이드로-세슘과 바다 동물을 연구했다. 배를 타고 하염없이 고래 떼를 추적하는 날도 있었다. 고래를 충분히 따라다녔다고 여겨지는 날은 해수의 볼이 상기되었다. 다른 해역에서 보지 못했던 종들을 마음껏 만났다. 해수는 바닷바람이 밴 머리카락을 동여매며 소감을 나누었다.

"고래들은 신의 환생 같아. 눈동자부터 숨, 지느러미, 몸통, 소리 전부 다. 그들이 배 주변을 기웃거리거나 노을을 등지고 수영하는 모습을 보면 인간사는 부질없이 느껴지더라."

해수는 귀를 한쪽으로 기울여 고인 물을 뺐다. 찬물로 몸을 씻은 후 다시 말을 이었다.

"하지만 난 인간이지. 죽었다 깨어나도 또 인간일걸."

은하는 점심 즈음 일어나 방을 치웠다. 때론 아무것도 하지 않은 채 베란다에서 파도 소리를 들었다. 바다는 저마다의 향을 지녔다. 몇 시간이나 아가미를 헐떡이는 물고기처럼 앉아 있는 날도 있었다. 세상은 은하를 제외하고 굴러갔다. 문득 영혼을 햇살에 절여 빨랫줄에 걸고 싶었다. 보송보송한 심정을 덧입어야만 용기가 생길 것 같았다. 지금은 어려웠다. 가끔 동네 슈퍼에서 아르바이트를 했다. 저녁엔 마른 얼굴로 이력서를 썼다. 슈퍼 앞 평상에서 담소를 나누던 아주머니들이 주전부리를 쥐어 준 날이 있었다.

"학생, 고생이 많네. 이것 좀 들어."

그걸 들고 가다 갑자기 현관 앞에서 눈물이 터졌다. 작은 다정에도 심약할 정도로 상태가 나빴다. 은하는 스스로가 초라했다. 거북이처럼 등딱지 속에 고개를 넣고 싶었다.

해질녘엔 해수를 마중 나갔다. 땅거미 깃든 제방을 에워 돌면 해수의 직장이 나왔다. 먼 산등성이는 뼈 무덤처럼 느껴졌다. 밤길을 걸으면 이런저런 생각이 떠올랐다. 우리 모두 죽겠지, 죽기 싫다, 아니 이렇게 살기 싫다, 죽고 싶진 않은데 살고 싶지도 않다……. 무엇을 진실로 여겨야 할지 갈 피를 잡을 수 없었다. 쓸쓸함에 다리가 저렸다. 해수와의 거리를 좁히는 노력만이 유일한 희망이었다. 퇴근하는 해수 의 바닷바람 스민 목을 보면 그나마 마음이 놓였다.

둘은 같은 침대를 썼다. 해수는 여전히 찬물로 씻었다. 해수의 푸른 살과 닿으면 완전히 식어 버린 아이들의 발이 생각났다. 그건 기어이 은하를 새벽에 깨웠다. 뒤척임이 시 작되면 아침을 건너뛰고 일어났다.

그 즈음 근방에 우주 개발 기구가 설치된다는 공고가 났 다. 은하에게도 스카우트 제안이 왔다. 반신반의하며 간 면 접장에서 유난히 맑은 눈의 소장을 만났다. 그는 오래전 국 내 첫 우주인으로 발탁되었던 여성이었다. 중년의 나이에 도 훤칠했고 안광이 또렷했다. 은하도 그에 대한 기사를 읽 은 적 있었다. 자신의 경험을 우주 사업에 활용하려 여러 번 기획서를 냈지만 거절당하고, 우주인은 일종의 마스코 트였을 뿐이란 데 회의를 느껴 해외로 향했다. 은퇴하고 나 서야 그는 귀국을 결심했다. 지역 균형 개발을 위한 국가의 제안을 받아들여 현재의 우주 개발 기구를 세웠다. 소장은 은하의 하이드로-세슘 엔진에 관심을 보였다. 우주로 가는 왕복선에 그 기술을 사용하고 싶어했다.

"아시겠지만 하이드로-세슘 엔진은 섣불리 사용할 만한 게 아닙니다. 철저한 안전 규정과 엄중한 대책이 없다면 어렵습니다."

구직자로서 찬밥 더운밥 가릴 처지가 아니었지만 은하는 의견을 피력했다. 그렇지 않으면 후회할 것 같았다. 하이드로-세슘이 거론되는 일에는 만전을 기해야 했다. 하이드로-세슘을 사욕에 휘말리도록 두고 싶지 않았다. 소장은 은하의 말을 경청하며 고개를 끄덕였다. 임원진들과 논의하더니 은하에게 어떤 조치가 필요한지 의견을 물었다. 대답을 기록하곤 이렇게 전했다.

"안전 보장 로드맵을 구체적으로 마련하고, 위험 평가 위원회를 따로 설치하는 작업이 필요하겠군. 기술에 접목하려면 특별법도 필요하겠지."

은하는 크게 고개를 끄덕였다. 합격 여부를 떠나 실질적인 방안을 마련하겠다는 말이 얼마 만인지 감회가 남달랐다. 나중에 소장은 젊은 날의 자신도 정치가 무엇인지 몰랐지만, 모든 분야에 정치를 붙이면 꼴이 이상하게 돌아감을 알았다고 했다. 주먹구구식 사업을 유치했다 다음 해 반절 이상 예산을 깎는 일도 빈번했다. 그는 장기적인 청사진에 근거한 정책을 고민했고 우주 개발 기구 설립 시에도 제도를 개편하려 노력했다. 은하는 그의 태도를 신뢰했다. 결국 입사를 결정하고 우주 개발 기구에서의 새 삶을 시작했다.

은하는 하이드로-세슘을 안전한 동력원으로 발전시키려 심혈을 기울였다. 다시 기회를 얻자 연구 성과는 눈부시게 나타났다. 은하는 이전보다 정밀한 엔진을 완성했다. 같은 시기에 전 세계 규모의 낙원 프로젝트가 출범했다. 자국민이 대원으로 뽑힌 국가는 브랜드 지수가 상승할 뿐 아니라 추후 행성 개방 시 이주 특혜를 받았다. 나라별로 앞다투어 선발 대원을 추천했다. 모두가 국내의 우수한 인재를 찾으려 혈안이었다.

소장은 은하의 공로를 언급하며 그를 추천인에 올렸다. 더욱이 낙원 프로젝트에서는 우주 항로 엔진 전문가를 필요로 하고 있었다. 하이드로-세슘 기술의 일인자인 은하가 추천되는 건 당연지사였다. 처음 참가 여부를 물었을 때 은하는 거절의 뜻을 밝혔다. 현재의 보직에 만족한다고 대답했다. 포기하지 않은 쪽은 소장이었다. 그는 끈질기게 은하를 설득했다.

"어차피 밑져야 본전이야. 훈련에 참가만이라도 해 봐. 모두가 우주에 갈 수는 없어. 그곳은 정법만 통하는 곳이니 운명을 시험하는 일 정도는 괜찮잖아?"

국내에서 지원 가능한 후보 다섯 중 넷이 남성들로 채워졌다. 때문에 소장은 더욱 적극적으로 은하의 참가를 장려했다. 극한 훈련은 공정했다. 권력이 있거나 경제적 지위가 높아도 이 코스를 통과하지 못하면 우주로 갈 수 없었다. 그만큼 우주는 엄격한 곳이었다. 태반이 첫 시험에서 탈락했다. 그중 작년에 떨어졌던 사람이 다시 입후보하는 일도 있었다. 연차가 높고 대중적 입지가 높다는 이유로 재추천되었다. 실상 그의 실력은 변변찮았지만 선배가 잘되어야 후배들을 끌어 준다는 명목 하에 자리를 차지했다. 먼저 의문을 표한 건 오히려 국제기구 쪽이었다. 한국에서 엄선했다는 인물을 매번 떨어트리기도 난감했기 때문이었다. 추천을 재고하라는 권유가 왔고 이때다 싶었던 소장은 눈여겨본 은하를 추천했다.

결국 은하는 제안을 받아들였다. 소장의 기대를 무시하는 것도 예의는 아니다 싶어 적당히 시험만 치르려던 게 최종 5인까지 들었다. 첫 코스에서부터 최고 기록을 갱신했다.

이변은 여기서 멈추지 않았다. 은하는 두 번째, 세 번째 훈련 또한 놀라운 성적으로 통과했다. 마치 고통의 시간을 지나 다른 생물로 탈바꿈한 것 같았다. 우주와 비슷하도록 조정된 시험장은 놀랍도록 은하에게 적합했다. 호흡도, 움직임도, 섬세한 기술과 판단력도 지구보다 수월하게 발휘되었다. 우주는 은하를 선택한 것처럼 보였다. 세포들은 발원지로 돌아가려는 듯 활개쳤다. 어느새 마지막 다섯 중 셋이 탈락했다. 낙원 프로젝트 동력원으로 하이드로-세슘 엔진까지 선정되면서 은하와 우주 개발 기구는 전성기를 맞이했다. 은하는 최종 2인이었다. 전 국민이 은하의 행보를 주목했다. 검색어에 이름이 오르내리고 머리기사로 훈련 소식이 조명되었다.

옛 동료들에게서 연락이 오는 일도 있었다. 은하는 이 상황이 낯설고 얼떨떨했다. 착잡한 마음도 들었다. 이미 한참 지난 하이드로-세슘 잠수정 증언에 관하여 다시 인터뷰를 해 달라는 요청이 쇄도했다. 은하는 진실의 무게에 비해 사람이 얼마나 가냘픈 존재인지 실감했다. 그러나 과거로는 다시 돌아갈 수 없었다. 그저 축적된 진실들이 이끄는 미래로 전진할 뿐이었다.

세 번째 훈련이 끝났다. 어느새 봄이었다. 퇴근 길목에는 벚꽃과 목련이 흐드러지게 피었다. 은하는 해수에게 전화했다. 종종 해수는 고래들의 노래가 담긴 녹음 파일을 집에서 분석했다. 수화기 너머로 묵직한 소리가 울렸다. 그걸 배경으로 둘은 수다를 떨었다. 발치에 꽃송이가 떨어졌다. 은하는 문득 추억을 회상하곤 웃음을 터트렸다.

"해수야, 난 아직도 꽃이 좋다."

"가만 보면 넌 참 뒤끝이 길어."

"장난 아니지. 엄청 끈질기지."

오랜만에 티 없이 해사한 즐거움이 둘 사이를 채웠다. 해수의 핀잔에 은하도 농담으로 응수했다. 얼굴을 보기 전, 미리 꽃바람이 부드럽다며 전화를 거는 시간은 애틋했다. 아버지와 해수 언니의 기일에는 언제나 물망초를 섞은 꽃다발을 샀다. 해수는 해안가의 야생화를 캐 영정 주변을 장식했다. 그러면 자연의 숨결이나마 먼 외로움을 쫓아 주는 듯했다. 악독한 시간을 넘도록 도운 건 이런 것들이었다. 꽃을 만지는 손끝이나 괜찮냐는 안부 전화 같은 것들.

주차장 골목을 돌던 참이었다. 어디선가 남자들의 다툼 소리가 들렸다. 은하는 얼른 통화 볼륨을 줄였다. 그림자들이 보였다. 두 명이었는데, 그중 한 명은 언성을 높였고 다른 이는 목소리를 누르며 주변을 살폈다. 은하는 본능적으로 녹화 어플을 켰다. 그들의 인상 착의가 어렴풋이 드러났다. 은하는 눈을 크게 떴다. 한 명은 아는 사람이었다. 그는 낙원 프로젝트 최종 2인에 함께 오른 남자였다. 놀란 숨을 삼키는 동안 그는 전에 없이 비굴한 태도로 누군가에게 굽

신거렸다. 그가 머리를 조아리는 방향에선 다른 남자가 거만한 태도로 뒷짐을 진 채 욕설을 뱉었다.

"우리 본부장님이 뭐가 아쉬워 이런다고 생각해? 그쪽이 사정사정하길래 마지못해 받은 거 아냐. 그런데 뭐? 송장 실수? 그놈의 실수 하나에 모가지가 날아가는 걸 알아 몰라, 어?"

"다시는 이런 일 없도록 주의하겠습니다. 저를 봐서라도 한 번만 용서해 주십시오. 다음엔 두 박스, 아니 세 박스라도 드리겠습니다. 이번만 잘 해결되어 낙원 프로젝트에 연줄을 대면……."

"그걸 아는 인간들이 일 처리를 이따위로 해? 그간의 정을 봐서 넘어가는데, 다음엔 국물도 없어. 불합 찍으면 끝이야, 너네."

욕설을 거둔 남자는 사과 상자를 받아 차 트렁크에 실었다. 그에게 연신 비위를 맞추는 동료의 모습에 은하는 아연실색했다. 그는 기술 승인을 위탁 검증하는 책임자였다. 실적과 수완이 우수해 평판도 좋았다. 그런 그가 이토록 졸렬하게 굴며 얻는 것이 무엇인지 몰랐다. 자동차는 상자를 싣고 떠났다. 남자는 지동차가 사라진 걸 확인한 후 표정을 싹 바꾸더니 침을 뱉었다. 은하는 숨죽인 채 그가 건물로 사라지는 걸 보았다. 아직 종료되지 않았던 수화기에서 해수의 목소리가 들렸다.

"왜 그래?"

"……신은 대체 내가 뭘 더 보길 바라는 걸까?"

해수의 숨소리와 고래 울음이 섞였다. 은하는 등줄기가 뻐근했다.

⁂

신기술을 상용화하는 데에는 인증서가 필요했다. 외부 검증원이 승인 권한을 가졌다. 우주 개발 기구에서도 관행이란 이름의 악습은 여전했다. 하이드로-세슘 엔진도 예외가 아니었다. 은하가 목격한 건 시험 보고서의 위조 정황이었다. 안전 기준이 미달되어도 로비를 받고 승인을 해 주었다. 은하의 두통이 심해졌다. 해수가 창문을 열었다. 화창한 봄 햇살과 갈매기가 나는 소리, 오일장 서는 소리들이 쏟아졌다. 은하는 해수의 다리를 빌려 누웠다. 해수의 살갗은 차가웠다.

하이드로-세슘 엔진은 이미 낙원 프로젝트에 보급되었다. 검증 과정에 비리가 있었다면 은하 또한 위험했다. 은하는 소장이 어디까지 아는지 궁금했다. 누구를 믿을지 확신이 서지 않았다. 탐욕을 위해 거짓을 말하는 건 쉽고 단순했다.

땀에 젖은 머리카락이 은하의 이마에 붙었다. 해수는 그걸 손수 떼어냈다. 은하가 고개를 돌릴 때마다 반고리관에서 버석거리는 소리가 났다. 돛 찢긴 난파선에 탑승한 것처럼 어지럼증이 찾아왔다.

"언제까지 꽃을 좋아할 수 있을까."

은하의 한탄에는 기력이 없었다. 해수는 은하의 뺨을 쓰다듬었지만 별말 건네지 않았다. 해수도 오래전 같은 질문을 떠올렸다. 혼자가 된 후 꽃을 좋아할 수 없었다. 봄마다 말간 빛으로 피는 꽃이 가증스러웠다. 그러나 은하가 가져왔던 물망초 화분은 달랐다. 작고 파란 꽃은 때로 뿌리가 썩어 비실거렸고 잎이 바랬다. 흙은 자주 갈라지거나 물을 감당하지 못했다. 이 작은 꽃도 불행을 알까, 뿌리내리고 살던 터전에서 파인 기분은 어떨까, 의문하며 화분을 돌보는 사이 꽃은 명을 다하고 까만 점을 오도도 뱉었다. 그걸 다시 심자 매해 봄 새싹을 피웠다. 하루만 더, 오늘 하루만 더, 흙을 다듬고 물주는 가운데 기도가 고였다. 어느새 풍성해진 뿌리를 위해 첫 분갈이를 하던 날, 해수는 비로소 화분을 샀던 은하의 마음을 이해했다. 그 후 다시 꽃이 좋았다.

이번은 어떻게 답을 찾아야 할까. 불행의 계절이 찾아오면 어떤 자세로 지나야 하나. 마음을 돌보는 일은 왜 이렇게나 어려울까. 해수는 은하를 껴안았다. 폐부에 묻힌 것들을 길게 내보내려는 호흡이 느껴졌다. 잔기침이 울혈처럼 터졌다. 해수는 은하의 가슴에 귀를 댔다. 뼈가 오르내리며 산소를 받아들이는 소리에 귀 기울였다. 소라 껍질을 귓가에 대면 들리는 소리처럼 은하의 가슴에서도 물이 공명했다.

진실의 몸은 이런 것과 비슷했다. 타박상, 뇌진탕, 골절, 기아, 피멍울. 깊어지는 눈의 무게를 감당하는 건 지옥의 경계에 서는 일이었다. 은하와 해수는 이미 여러 번 경계에 섰다. 그렇다면 이젠 어떤 선택을 해야 옳을까. 해수는 마음속에서 질문을 고쳤다. 어떤 선택을 해야 은하는 행복할까…….

정치적 보복이나 논란에 휘말리지 않고도 온전할 수 있을까. 그런 세상은 올까. 탐욕은 쉽고 빠르게 세력을 넓혀 거꾸로 된 진실에 자주 투사되었다. 제가 써야 할 굴레를 남에게 쉽사리 뒤집어씌웠다. 은하는 울기 시작했다. 해수는 그 이마를 짚었다. 슬퍼하는 볼은 짓물러 뜨거운 과실 같았다. 해수는 그 위에 입 맞추었다. 견디기 힘든 당도가 입술에 끈적하게 달라붙었다. 이 울음은 온전히 은하의 몫이라 해수가 덜어 줄 수는 없었다. 둘 사이 심해처럼 흐르는 공란을 잊고자 해수는 은하를 연신 입술로 문질렀다.

❉

은하는 선택의 기로에 놓였다. 낙원 프로젝트 선발대라는 건 명실공히 최고의 우주 공학 전문가로 인정받는 지름길이었다. 지구로 귀환한 후의 부와 명예도 보장되었다. 입을 다물고 못 본 체한다면 은하만은 결백할 수 있었다. 아니, 정확히는 그런 척할 수 있었다. 그러나 은하의 눈앞에 푸른 빛줄기가 아른거렸다. 은하는 하이드로-세슘의 푸른 부서짐을 목격했다. 그걸 알기 이전으로 돌아갈 수 없었다. 은하는 마음을 다잡았다. 우리의 본성은 이미 알았다. 우리에겐 개나리꽃 하나에 웃고, 진달래 끝에 맺힌 이슬에 울 수 있는 본성이 있었다. 얼굴도 모르던 미지의 존재와 연결된 걸 아는 순간 마음을 떨칠 수가 없다. 해수의 머리카락을 감싼 검은 고무줄이 보였다. 아이가 있다면, 아이였던 적 있다면 누구나 이런 순간들에 흔들릴 것이었다.

은하는 도박을 걸었다. 사태의 최고 책임자는 소장이었다. 이실직고를 마주하면 그 또한 이면을 드러낼지 몰랐다. 그를 신뢰할 수 있는지 고민하느라 며칠 밤을 꼬박 샜다. 이게 경솔한 짓이라면 내부 고발은 가혹한 결과로 돌아올 것이다. 어쩌면 올가미를 은하에게 뒤집어씌우려는 시도가 생길 수도 있었다. 다만 은하는 이번에도 해수를 떠올렸다. 지금은 바다 근처의 삶이 좋다고 하지만 타의로 강요된 삶은 결코 완전한 행복은 아니었다. 은하 자신도 그랬다. 결국 스스로를 기만할 수 없었다. 타인이 부여한 거짓보다 감당하기로 선택한 진실이 절실했다. 자신은 어느 순간 그런 생물로 탈바꿈했다.

다음 날, 은하는 자료를 챙겨 소장실 문을 두드렸다. 소장은 그를 반가이 맞았다. 은하의 어깨는 무거웠다. 목례를 건네자마자 준비한 서류를 그에게 내밀었다. 담담한 목소리로 운을 떼고 싶었으나 어미가 떨렸다.

"조사 위원회의 감사를 요청합니다."

소장의 얼굴이 굳었다. 놀란 눈이 크게 뜨였다. 그걸 본 은하는 긴장했다. 여기까지 와 물러설 수는 없었다. 은하는 조목조목 자신이 본 정황과 실제 기록들, 인증서와의 차이를 설명했다. 소장의 안색은 어둡다 못해 새파랬다. 1분이 몇 년 같았다. 소장은 서류를 꼼꼼히 검토하기 시작했다. 은하의 증언이 사실이라면 큰 문제였다.

"이게 정말인가? 잘못 본 건 아니라고 확신해?"

"예. 녹화 파일도 있습니다. 다만 소장님께 먼저 알리자 싶어서……."

"만약 이 고발에 다른 목적이 있다면…… 어떤 파장을 일으킬지도 알지."

오장육부가 비틀리는 느낌이었다. '다른 목적'. 수많은 선례가 있었으므로 나올 수 있는 의심이었다. 은하는 따끔거리는 손바닥을 꾹 쥐었다.

"알고 있습니다. 다른 목적은 없습니다. 그저……."

은하의 고개가 꺾였다. 어쩐지 목이 메었다. 말을 잇지 못하는 그를 본 소장은 깊은 한숨을 쉬었다. 한동안 침묵이 흘렀다. 소장은 손가락으로 책상을 두드리며 생각에 빠졌다. 이마를 짚으며 계속 탄식을 뱉었다. 마지막 페이지를 읽은 그가 머리를 양손으로 감쌌을 때, 은하는 입안이 바싹 말랐다. 이윽고 소장이 입을 떼었다.

"어쩐지 승인이 너무 신속하다 생각했어. 실적도 좋고, 꼼꼼하기로 소문난 부서라 그만큼 믿었건만."

"꼭 처벌을 바라는 건 아닙니다. 하지만 실제 손상도가 다르게 뜬 부분이 있다면 시정해 주시기 바랍니다."

"글쎄, 내가 갑자기 감사 명령을 내리면 분명 뒷말이 돌 텐데. 다음 선발 시험도 얼마 안 남았잖나. 감당할 준비는 된 건가?"

은하는 단호한 태도를 보이고 싶었다. 마음과 달리 입에서 나오는 음절들은 엉망이었다.

"준비가 되었을 때만 바른말을 한다면 그땐 너무 늦으니까요."

소장은 갑자기 피식 웃음을 터트렸다. 미간과 눈가에 주름이 깊었다. 그는 고민으로 굽었던 어깨를 펴며 서류들을 갈무리했다. 투명한 빛이 감도는 소장의 눈이 날카롭게 휘었다.

"그것들이 은근 날 늙은 여우라 부르며 파벌을 만들던 건 알았어. 뿌리부터 썩은 습관을 못 버렸군. 이런 식으로 기관의 명예에 먹칠하도록 둘 순 없지. 자네를 믿겠네."

"정말입니까?"

"그래. 방식은 서툴지만, 애초에 고발할 일이 생긴 게 문제지. 투명성과 안전이 최우선이다 누누히 일렀건만. 내 불찰이야. 결재 라인을 점검하고 감사를 받겠네. 결과는 사내 전체에 공표될 거고, 시정할 건 시정해야지."

"……감사합니다."

"당연한 걸 가지고. 자네가 고민 많았겠군. 나도 마음 편한 건 아니지만, 썩어 덧나기 전에 해결하는 편이 나아. 더욱이 자네는 날 믿으니 먼저 보고한 거 아닌가. 부하의 신뢰를 배반할 수야 없지."

은하는 정수리까지 피가 몰렸다. 수용되었다는 안도감 때문이었다. 비로소 자신이 발언의 자격과 가치를 지닌 인간이라는 게 용납되었다. 소장은 복받치는 감정에 말을 뱉지 못하는 은하의 행간을 읽었다. 그리고 믿어 주었다. 처음으로 윗사람에게 먼저 알리길 잘했다고 생각했다. 잠수정의 결함을 막지 못했을 때부터 은하는 스스로의 무력함을 저주했다. 그러면서도 실낱같은 기대에 매번 의존할 수밖에 없었다. 오늘은 달랐다. 어렴풋이 희망의 빛줄기가 어른댔다. 그 감각을 놓치고 싶지 않아 은하는 얼른 그에게 인사를 하고 돌아섰다. 은하의 등 뒤로 소장의 목소리가 들렸다.

"다음엔 덜 다칠 방법을 같이 찾자고. 열정만 넘치는 젊은 친구."

가슴 한편에서 바랐던 말이었다. 속이 풀어지며 찔끔 눈물이 고였다. 우주에 가든 못 가든 상관없었다. 적어도 그 푸른 참상을 막을 수 있으리라는 가능성 그 자체가 소중했다. 심장이 뛰었다. 오랜만에 몸 곳곳으로 혈액이 돌았다.

그 후 치른 네 번째 훈련 시험에서 은하는 100G의 압력을 견뎠다. 한국인으로서 최초였다.

·☀·

달에 물이 차는 꿈을 꾸었다. 무게를 견디지 못한 달은 비뚤어졌다. 물은 와르르 쏟아졌다. 은하는 무릎을 꿇은 채 푸른 끈을 들고 달이 흘린 흔적을 닦았다. 낡은 천으로 물을 닦을수록 표면이 반들거렸다. 은하는 내면에 떠오르는 해수의 얼굴을 응시했다. 이번엔 자신이 그 애의 이마를 짚었다.

100G를 대비한 훈련 과정을 기록한 자료들과 함께 은하는 소장실로 향했다. 각종 설비와 전선들이 빼곡한 복도 끝에 그의 방이 있었다. 소장은 약속을 지켰다. 임원진들의 반발로 감사 결과 발표가 지체되었지만 그는 최선을 다했다. 그가 분투하는 모습은 위로가 되었다. 은하는 진실이란 언제나 동일한 자리에 존재하며 불변하지 않음을 믿었다. 얄팍한 수로 덮더라도 적절한 시기가 오면 드러나는 법이었다. 그러니 지금 은하가 할 수 있는 건 주어진 훈련을 마치

는 일이었다. 소장이 응답했다.

"들어오게."

은하는 문고리를 돌렸다. 감색 철제 책상과 두꺼운 파일 더미 뒤에서 소장이 얼굴을 내밀었다. 그가 빙긋 웃자 두꺼운 돋보기안경이 풍경을 굴절시켰다. 주름진 손가락으로 안경테를 민 그가 은하를 맞았다.

"이거, 한국의 기적이 오셨구만."

"놀리지 마십시오."

"내 이름을 걸고 추천한 만큼 기대가 커."

"실망시키지 않겠습니다."

"그러리라 믿네. 지금까지도 충분히 증명했으니까. 아마 감사 진행 과정이 궁금해 이렇게 빨리 보고하러 왔겠지?"

"아니라면 거짓이겠지요. 반발이 심하다고 들었습니다만……. 조금이라도 힘을 보탤 방법이 있을까요."

"자네 인터뷰를 봤어. 신기록 갱신 소감으로 폐단이 개선되지 않을 경우 프로젝트를 사퇴하겠다고 하다니. 생각보다 더 고집불통이군?"

"예전의 소장님만 하겠습니까. 윗물이 맑아야 아랫물이 맑다고, 한국은 아직 우주를 상대힐 자격이 없나며 일살하셨던 분 밑에서 일하다 보니 이렇게 되었네요."

농담으로 받아치는 은하에 소장은 호탕한 웃음을 터트렸다. 보고서를 검토하는 그의 눈에서 은하는 미완의 감정을 읽었다. 그에게는 은하가 모르던 시절이 있었다. 손가락질 받으면서도 그와 같은 이들이 일군 지문의 흔적이 쌓여 현재가 되었다. 시대적 요구는 언제나 있었다. 개인이 벗어나고 싶다고 마음대로 탈출할 수 있는 게 아니었다. 외면하더라도 그건 언젠가 예상치 못한 방식으로 돌아왔다. 은하는 연속적인 스펙트럼을 사는 유기체의 숙명을 깨달았다.

 "국제기구 쪽에서도 문제점을 인식하고 시정을 권고했어. 낙원 프로젝트 주체로부터 발송된 의견서니 추진력을 얻을 거야. 외부에선 자네를 지지하는 이들이 더 많네. 재능 있는 이들이 시대의 양심으로 남는 건 정말 어려우니까 말이야."

 "송구한 말씀입니다."

 "어쨌든 마지막 훈련이 남았군. 최종 시험은 3주 후였지."

 "예."

 "준비에 도움이 될진 모르겠지만 낙원 프로젝트에서 귀환하면 지구 시간으론 6년 후야. 그때 즈음이면 자네보다 풍부한 현장 경험을 가진 전문가는 없어. 임원 후보에 자네 이름을 올려도 반론은 없을 거라 생각해. 무슨 뜻인지 알지?"

 은하의 눈이 커졌다. 그는 은하 자신도 모르던 가능성을 발굴하는 데에서 나아가 미래를 성취할 자격이 있다는 확신을 불어넣었다. 그가 믿는 만큼 자신이 대단한 존재인지 의심하면서도 한편으론 그의 신뢰에 응하고 싶었다. 언젠가는 자신도 누군가에게 귀한 안내자가 되리라. 그 과정을 이루기까지 극복할 과제들이 있었다. 은하는 소장에게 깊이 고개를 숙였다. 그는 인자한 미소로 말했다.

"자네 아버님도 여기 계셨다면 자랑스러우셨을 거야. 필요한 시설과 장비는 마음껏 써도 좋아. 훈련 준비에 만전을 기하게."

"감사합니다."

살가운 마음을 안고 소장실을 나오며 은하는 생각에 잠겼다. 자신이 예상했든 아니든 이제 최후의 과제만 남았다. 주어진 길을 걷다 보면 어딘가를 분명히 지났다. 과정 또한 의미 있었지만 결실도 중요했다. 마지막 관문만 통과하면 낙원 프로젝트의 핵심 대원으로 우주에 갈 수 있었다.

최종 시험은 우주 유영 훈련이었다. 우주복을 입고 무중력 상태와 유사한 인공 심해에서 지시를 수행하는 과제였다. 난이도는 지금껏 통과한 훈련보다 쉬웠다. 네 번째 코스까지 지난 이들은 전원 이 과제를 통과했다. 세상은 이미 첫 한국인 여성 대원을 배출했다는 분위기로 들떴다. 그러나 은하는 긴장을 늦추지 못했다.

곧바로 본관의 '블루 라비린스'로 향했다. 입구를 들어서자 몇 킬로미터에 달하는 수심이 펼쳐졌다. 목덜미에 전율이 흘렀다. 신경이 따끔거렸다. 그곳은 검푸른 구덩이처럼 보였다. 당장이라도 모든 게 심연으로 떨어질 듯한 깊은 물이 넘실거렸다. 우주선 모형은 안으로 한참 내려가야 있었다. 바람 한 점 불지 않는데도 물결은 끊임없이 움직였다. 은하의 심장이 불규칙하게 박동했다. 자꾸 식은땀이 흘렀다. 심호흡을 하며 탈의실로 들어갔다. 옷을 갈아입는 동안 스스로에게 되뇌었다.

할 수 있어, 아니, 해 내야만 해. 여기까지 왔으니 이깟 물쯤은. 이깟 물쯤은…… 아무것도 아니야.

해수의 손목과 새빨간 매운탕, 자신을 믿는다고 한 소장의 눈을 떠올렸다. 그러나 등골이 섬찟한 기분을 완전히 떨칠 수는 없었다. 은하는 최대한 머릿속을 비우려 노력하면서 준비 운동을 했다. 팔을 뻗었다가 허리를 접었다. 물과 세상이 뒤집어졌다. 물결을 노려보며 근육 곳곳을 풀었다. 여과기를 작동하자 소음이 일었다. 투명한 물이 발끝을 감을수록 소름이 돋았다. 은하는 감각을 애써 무시하며 오른손에 초시계를 쥐었다. 얕은 곳부터 시작했다. 가느다란 물결이 수영장으로 향하는 뒤꿈치를 귀신 손처럼 잡아당겼다. 발가락이 제멋대로 뒤틀렸다. 은하는 10초간 숨을 들이마셨다 내쉬었다.

"괜찮아……. 이젠 그래야만 해."

이를 악물자 세모근이 경직되었다. 은하는 억지로 두 걸음을 내디뎠다. 물이 종아리까지 찼다. 수경 마스크를 내리자 시야가 협소했다. 답답증이 들어 뛰쳐나가고 싶었다. 혈관과 맥박은 위험 신호를 알아차리며 도망칠 준비를 했다. 은하는 가슴을 손바닥으로 두드렸다. 중력 가속 훈련을 할 때처럼 정방향에 시선을 맞추었다. 호흡을 균일하게 조정했다. 마우스피스를 통해 숨을 쉬니 까다로웠다. 호흡을 열 번 내쉴 때마다 초시계를 눌렀다. 딸각, 딸각 빠르게 세 번. 느리게 두 번. 지구 바깥으로 가 새 터전을 만나려면 해묵은 상처는 버려야 했다. 은하는 과거를 털고자 머리를 좌우로 움직였다. 그러나 심장은 의지와 반대로 점점 급박했다. 은하는 맥동에 저항하며 물로 한 발을 더 디뎠다.

굉음이 폭발했다. 세상이 흔들렸다. 충격파가 머릿속을 휩쓸었다. 주변을 둘러싼 벽도 온통 진동했다. 파도치며 폭발하는 파란 속 가윗날의 절그럭거림, 부글대는 물거품, 우악스러운 고함 소리와 찢기며 뭉개지는 음성이 휘몰아쳤다. 고성이 세포 사이사이를 꽉 채웠다. 온몸이 터질 것 같았다. 누군가 듣지 않은 만큼 흉폭해진 음성들이 몰려왔다. 낮은 음파들은 소용돌이처럼 목을 죄었다. 아귀를 벌려 팔다리를 삼키려는 푸른 환영이 덮쳤다. 발끝으로 피가 쏠렸다. 빈혈이 일었다. 물의 파편들이 숨을 방해했다. 무릎이 꺾이며 은하는 수영장 구심으로 미끄러졌다. 물보라가 시신경을 분절했다. 연쇄적인 폭음에 눈이 감겼다. 미간 사이로 날카로운 쓰라림이 찾아왔다. 삭은 해골이 뒤통수를 할퀴고, 혈관에 손목뼈가 꽂히는 느낌. 한번 박힌 가시는 뽑을 수 없었다. 그건 불가능했다. 세상은 푸른색이었다. 갖은 생각들이 밀려 왔다. 뇌가 녹슬 거야, 연골이 부러질 거야, 허파가 골절될 거야. 맥이 찢어지고 부패할 거야…… 장대한 심장 소리가 울리는 가운데 머리카락과 발톱, 갈비뼈의 잔여물이 허공을 떠다녔다. 부드러운 부위들이 소실되자 이명이 몸통을 드러냈다. 폐가 지르는 비명이었다. 허우적거리는 팔다리가 보였다. 누구의 몸인지 몰랐다. 고막에 끔찍한 통증이 찾아왔다. 이 파란 것들은 다 무엇인지…… 육체의 통증과 불온한 고통의 주인은…… 누구인지. 가까스로 바닥 틈에 손을 끼웠다. 은하는 필사적으로 벽을 기었다. 뭍으로 올라 숨을 토하자 피멍 든 손톱 위로 물이 뚝뚝 떨어졌다.

은하는 호흡법을 회상하려 애썼다. 하지만 기억을 지배하던 세포들의 읍소는 몸을 가만두지 않았다. 수년간 곪았던 것들이 한꺼번에 도졌다. 그동안 바다의 소리가 엄습할 때의 모습을 누구에게도 보이지 못했다. 미친 사람 취급을 당하기 싫었다. 은하는 무결해야 했고, 정당해야 했다. 하지만 걷잡을 수 없이 다리가 후들거렸다. 쉬고 싶었다. 드러누워 더이상 못하겠다고 소리치고 싶었다. 그러나 고지가 눈앞이었다. 아직 3주라는 시간이 있었다. 압박감이 은하를 떠밀었다. 은하는 경련하는 몸을 끌고 다시 수영장으로 향했다. 억지로 물에 몸을 집어넣었다.

은하는 열 번 더 입수했다.

전부 실패했다.

스스로를 용서할 수 없었다. 은하는 화장실에서 모든 걸 게우고 탈진했다.

❋

현관을 들어서자 푸른 방이 보였다. 해수가 튼 프로젝터 때문이었다. 음향탐지기가 분석한 데이터와 그래프가 모니터에 가득했다. 해수는 먼 해역에서 수집한 바다 동물들의 음성을 판독했다. 중요한 업무는 아니었지만 해수 나름대로 시간을 보내는 방법이었다. 고래의 음파가 울렸다.

"귀신고래의 노래가 열 시간이나 들렸어. 모습은 보이지 않았는데 소리는 나더라구. 무슨 이유로 이렇게 긴 시간 노래를 했을까?"

해수가 자판을 두드릴 때마다 방 전체에 소리가 번졌다. 그건 어두운 밤이 부르는 허밍 같았다. 끊임없이 노크하는, 숨 방울이 터지는, 아득한 허공이 트릴을 연주하는, 장마가 시작될 때의 차가운 소리들이 뒤섞였다. 공간은 동심원을 그리며 흔들렸다. 모니터 빛을 반사한 해수의 얼굴은 창백했다. 귀신고래는 다른 고래보다 낮고 묵직한 목소리를 가졌다. 긴 신음처럼 들리는 노래였다. 재생 중인 파일엔 바닷물 소리가 섞였다. 은하는 머리가 깨질 듯이 아팠다. 분석에 열중한 해수는 은하의 상태를 미처 알아차리지 못했다. 방을 뒤덮는 물소리에 멀미가 일어 은하는 귀를 틀어막고 소리쳤다.

"그만 좀 해!"

뚝.

파동이 끊겼다. 해수가 은하를 돌아보았다. 놀란 해수의 얼굴을 마주한 은하는 가까스로 정신을 차렸다. 해수가 컴퓨터의 전원을 끄고 일어섰다. 은하는 고개를 저으며 방으로 향했다.

"미안. 먼저 잘게. 피곤해서……."

"괜찮아?"

해수가 물었지만 은하는 대답하지 못했다. 옷을 입은 그대로 침대에 쓰러졌다. 해수가 뒤따라왔다. 은하는 베개에 얼굴을 묻었다. 귀신고래 노래의 잔상이 남아 괴로웠다. 해수는 은하의 등을 쓰다듬었다.

"매운탕을 끓였는데, 네가 꽤 늦길래."

"다 헛수고야. 죄다 망치고 말 거야."

"지금까지 버텼잖아. 할 수 있어."

"평생 지구를 벗어나지 못할 거야. 그놈의 끔찍한 바다 때문에……."

은하는 작게 흐느꼈다. 그럴 때마다 해수는 모래사장을 어루만지듯 그의 등뼈를 손가락으로 짚었다. 울음을 이기지 못한 은하의 어깨뼈는 등고선처럼 일렁였다. 해수는 경추와 흉추 사이에 고막을 대 보고 싶었다. 살갗 너머 감추어진 수분이 흔들리는 광경을 상상했다. 그의 대부분도, 우리의 본분도 물로 이루어졌다는 걸 알면 덜 고통스러우려

나. 해수는 생각했다. 아픈 때조차 인간의 몸은 독성을 내보내는 눈물을 만들었다. 양수에서 태어난 인간의 혈관은 응당 물을 필요로 하는데도 은하는 매번 똬리 튼 공포에 압도당했다. 해수는 은하에게 속삭였다.

"그럼 가지 마. 날 버리고 떠나지 마."

"……."

"그렇게는 못하겠지?"

"……."

"네가 없으면 난 얼마나 버틸 것 같니?"

"그런 말 하지 마."

"봐. 너는 할 수 있어. 우리의 다음 세계를 목격할 거야. 고래자리 타우에 대한 이야기를 자주 들려주었잖아. 아랍에서 흩어진 진주라 부르는 아름다운 별자리 말이야. 네 이야기를 전부 기억해. 그때마다 성간을 헤엄치는 흰 혹등고래를 상상했거든."

"쓸데없는 소리. 그게 무슨 소용이야. 다 부질없는 이야기일 뿐이야."

"그곳은 바다 동물처럼 푸른 꼬리를 휘날리는 혜성이 날고 등댓불처럼 퀘이사*가 번뜩여. 숨막히도록 어두운 물로 찬 곳이 아닐 거야. 너는 가만히 있지 않을 거야. 지금처럼 네 손으로 낙원을 이룰 거야. 지구보다 살 만하고, 아름다운 세상으로. 그리고 날 데리러 와 줘."

"너도 아직 악몽을 꾸니?"

해수는 손목에 감긴 푸른 끈을 내밀었다. 군데군데 해지고 낡은 티가 나는 천이었다. 해수의 몽유병은 바다를 연구하기 시작하며 줄었다. 깨어 있을 때 수시로 바다에 나가니 더이상 꿈에 끌려갈 필요가 없었다. 다만 푸른 끈이 없으면 종종 불안해졌다. 해수는 은하의 뺨에 손목을 눌렀다. 익숙한 촉감이 살에 닿았다. 해수는 그걸로 은하의 눈물을 닦았다.

"아니. 난 이제 괜찮아."

은하의 볼에 푸른 물이 번졌다. 해수는 천천히 손목 끈을 풀었다. 맨살이 드러났다. 해수는 천을 동그랗게 말았다. 그대로 쓰레기통에 던졌다. 해수는 빈 팔목을 흔들며 말했다.

"그러니 너도 괜찮아질 거야."

낡은 천이 걷힌 팔목은 유난히 허앴다. 마르기 직전의 꽃잎처럼.

---

* 블랙홀 에너지에 의해 형성되는 거대 발광체. 중심에 자리한 무거운 블랙홀 속으로 강착 원반 물질이 떨어지며 중력 에너지가 빛 에너지로 바뀐다. 천체들 중 가장 밝고 강력하며 활동적이다. 폭발적으로 별을 만드는 젊은 은하에서 발견된다.

낮이 묵음으로 사라지는 밤이었다. 자신의 기척조차 들리지 않았다. 은하는 기절하듯 잠들었다. 밤바다에 떠밀리는 꿈을 꾸었다. 발목이 부러질까 두려웠고, 그 너머 해수의 언니와 아버지의 그림자가 기웃거렸다. 한쪽 발을 절어 팬 자국들이 생겼다. 달의 크레이터보다 거칠었다. 왜 영혼의 뒤편으로 이토록 바다가 밀려드는지 알 수 없었다. 숨이 멎지 않으면 좋겠는데, 등을 두들겨 주는 이가 없었다. 신경을 타고 부스럼이 올라왔다. 뼈만 앙상한 고래의 뱃속으로 달이 빨려드는 꿈이었다.

갑자기 몸에 차가운 무언가가 달라붙었다. 은하는 소스라치며 눈을 떴다. 검은 형체가 가슴 위에 있었다. 은하는 비명을 질렀다. 상대가 살그머니 손바닥을 입술에 댔다. 시원한 살결의 향을 맡자 누군지 짐작이 갔다. 비스듬한 달빛이 상대의 정체를 드러냈다. 해수였다. 그는 젖은 머리카락을 기울이며 은하를 내려다보았다. 해수는 푸른 카디건을 입었다. 옷도, 몸도 척척하게 젖은 채였다. 바닷바람이 코끝을 스쳤다. 창문은 멀쩡했고 대신 방문이 열려 있었다. 서늘한 살이 닿는 부분마다 한기가 들었다. 해수의 턱을 타고 바닷물이 떨어졌다. 물에 흠뻑 빠진 모양이었다. 새벽의 유령 같았다. 해수는 입을 뻐끔대는 은하를 끌어안아 바닷물을 묻혔다. 귓불 아래 목덜미 사이 까끌거리는 모래알이 굴렀다. 맥박은 민감하게 울렸다. 해수의 포옹에선 알싸한 파래 향이 감돌았다. 소금기 밴 머리카락이 은하의 뺨을 긁었다. 손가락을 넣자 촉촉한 두피가 닿았다. 해수가 얼굴을 가까이할수록 눈동자는 진하고 배경은 옅었다. 그는 은하에게 바다를 옮겼다. 쇄골을 타고 흐르는 물줄기, 흉부에 스미는 바다 풀 냄새, 맥동이 어지럽게 공진했다. 피가 솟았다 내리며 정신이 산란했다. 은하는 해수가 데려온 바다 속으로 침잠했다. 그럴수록 둘의 질량은 늘었다. 은하는 해수가 죽음이 아님을, 자신을 죽음으로 데려가지도 않을 것임을 물었다. 해수는 고개를 흔들었다. 벽에 그림자가 반사되었다. 푸른 빛이 한들거려 은하는 눈을 감았다.

새벽마다 해수는 바닷물을 적셔 은하에게 돌아왔다. 그가 은하를 포옹으로 깨우면 처음엔 심장이 급격히 뛰었다. 그러다 차츰 서로의 뺨과 귀, 눈, 코, 입술, 턱과 목, 어깨를 만지면서 호흡을 진정시켰다. 버려진 푸른 끈이 어디로 갔는지 궁금했다. 흰 해수의 손목을 보면 고래의 입처럼 선두를 내밀고 가라앉는 배가 떠올랐다. 은하는 갑자기 울음을 터트렸다. 해수는 그게 멎을 때까지 가슴을 눌렀다. 해수의 호흡이 닿을 때 은하는 다른 질문을 떠올릴 수 있었다.

"귀신고래가 무슨 노래를 부른다고?"

공황보다 이 질문이 자주 떠오를 즈음 해수는 은하를 데리고 자신의 연구소로 숨어들었다. 창고에서 아담한 보트한 척을 빌렸다. 해수는 능숙하게 엔진을 작동시켜 나침반각도를 맞추었다. 둘을 태운 배는 새벽 파도를 가르며 출발했다. 뱃멀미는 없었다. 떠오르기 직전의 해가 뿌리는 가냘픈 파랑만 세상에 가득했다. 해수와 은하는 빛의 틈새로나아갔다.

두 사람은 얕고 맑은 해안에 도착했다. 물결은 잔잔했고스무 걸음을 걸어도 허벅지밖에 물이 닿지 않았다. 해수는바다 가운데로 은하를 이끌었다. 은하도 맨발에 닿는 모래와 수시로 종아리를 간지럽히는 파도를 젖혔다. 바다가 시야를 메우는 장소에 해수는 같이 앉자고 말했다. 은하는해수의 손을 잡고 무릎을 굽혔다. 심장이 바다에 근접했다. 맥박이 신호를 보냈다. 해수가 그에 맞춰 손을 쥐었다. 둘은 파도의 중심에 앉았다. 해수가 은하에게 머리를 기댔다. 모래사장이 물을 머금는 소리와 바람의 기척이 선명했다. 파도가 대기의 그림자를 반영하며 일렁였다. 수면 아래 맞잡은 손이 물렀다. 해류는 다가왔다가, 밀려났다가, 다시 몰려왔다. 둘은 가슴을 내밀고 파도가 몸에 부딪히도록 내버려 두었다. 문득 고개를 들자 새벽 별이 보였다. 금방이라도 쏟아질 듯 은은한 별들이 수평선에 그득했다. 해수가 속삭였다.

"봐. 이제 난 바다로 끌려가지 않아. 나를 버리지도 않아. 몇 번이나 너에게 돌아왔잖아. 무슨 일이 있어도 그럴 거야. 널 원망하지 않을 거야."

"다행이다. 내가 지은 죄가 많았지. 여기 내려오기 전 그랬던 것처럼 이번엔 네가 날 버릴까 봐 무서웠어. 예전에, 그래, 학생 시절처럼 말이야. 기숙사에서 살던 그날처럼 네가 날 떠나려 할까 봐 두려웠어."

"그 밤을 기억하는구나."

"어떻게 잊겠어. 찬 가윗날과 날 책망하던 네 눈동자를."

가슴속 한 점에 고독의 신호가 울렸다. 일방향으로 증폭되는 주파수처럼, 다시는 돌아오지 못할 파동처럼 은하는 입술을 떨었다. 해수는 그 옆모습을 한참 바라보았다. 그러더니 희미한 미소를 지었다. 해수는 은하에게 팔짱을 꼈다. 서로의 손 마디를 겹쳤다.

"우주 너머엔 낙원이 있다고 말해 줘."

해수가 바다의 색을 모두 비출 만큼 투명한 눈동자로 부탁하는 바람에 은하는 고개를 떨구었다.

"새 지구를 완성하면 데리러 올게. 잊지 않고 널 데리러 올게."

"언제까지나…… 기다릴게."

은하는 북극성의 위치와, 별자리를 읽는 법, 그중에서도 고래자리와 타우 별이 어디 즈음인지 알렸다. 해수는 여러 번 하늘을 올려다보며 동틀 때까지 별자리를 외웠다. 하늘을 오래 응시하면 행성들은 나선으로 회전했다. 별빛이 가까워지는 착각이 들었다. 둘은 물에 잠긴 채 해돋이를 기다렸다. 어느새 살갗마다 거친 소금기가 뱄다. 일출이 서서히 붉은 금빛으로 둘의 옆얼굴을 물들였다. 은하는 이 광경을 두고 해수와 이별하고 싶지 않았다.

"저기 봐. 별이 떨어진다."

해수가 손가락으로 위를 가리켰다. 손톱 끝에서 유성우가 바다를 향해 낙하했다. 은하에겐 그게 창공으로부터 달아나는 우주 파편처럼 보였다. 광활한 외계에도 외로운 구석은 있다. 어떤 별은 지구의 푸르름을 천국이라 착각하며 끌려오는지도 모른다. 물 공포증은 사라졌지만 은하는 자신이 지구를 떠날 수 있을지 망설였다. 그걸 알아챈 해수가 은하에게 담담한 목소리로 말했다.

"은하야. 그날, 그건 너였어."

"⋯⋯뭐?"

"그때처럼, 나를 잘라내. 너는 그럴 수 있어. 이번엔 널 붙잡지 않을게."

"무슨 소리야."

"스스로를 그만 속여도 돼. 이젠 가. 너라도 떠나, 지긋지긋한 이 바다를."

흉부를 찢는 가위 소리가 들렸다. 환청이었다. 세상이 축소되며 발생한 음파가 신경을 흔들었다. 이건 일종의 부작용이었다. 은하는 생각했다. 바다가 일으키는 이명을 치료하는 부작용일 뿐이다. 북극해의 물고기들이 뼈를 마찰하는 소리가 들렸다. 고막으론 들을 수 없는 이 소리는 돌발성 난청의 세계에만 있었다. 은하는 고개를 마구 흔들었다. 어지럼증이 도는 사이로 해수의 얼굴이 보였다.

그 애는 울고 있었다.

은하에게 진실이 떠올랐다.

오래전, 기숙사의 병 든 저녁에 자신을 떠나지 말라 애원한 건 해수였다.

손목에 매단 푸른 끈을 잡아당기며 간절히 운 것도 해수였다. 새파란 실을 끊으려 가위를 들었던 쪽은 자신이었다. 떨어트린 가위를 밟아 피 흘린 건 해수였다. 은하는 불어 튼 엄지손가락으로 해수의 발바닥을 더듬었다. 손금처럼 팬 흔적이 만져졌다. 자신의 발은 깨끗했다.

침대로 오는 해수의 붉은 걸음을 잊지 못한 건 은하였다. 길게 얽매인 푸른 끈이 혈관 같아 자르려던 건 은하였다. 그랬던 스스로를 용납할 수 없어 기억을 왜곡한 것도 은하였다. 해수는 그럴 수 없었다.

전신의 뼈들이 별의 물질처럼 소란스러웠다.

그 착란의 일부를 훔치려는 마음으로, 은하는 차게 식은 해수에게 입 맞췄다. 입술이 닿은 곳은 목과 턱이 만나는 귓불 아래였다, 맥박이 가장 잘 드러나는 곳이었다.

✳

은하는 최종 훈련에 합격했다. 낙원 프로젝트 대원이자 하이드로-세슘 엔진의 총 책임자로 발탁되었다. 합격 공고가 난 순간 은하는 도망치듯 집을 나왔다. 해수가 버린 푸른 끈은 은하가 떠나는 날까지도 보이지 않았다.

4

하이드로-세슘 엔진은 완성되었다. 일시적으로 질량을 허수로 만드는 기술. 이를 통해 인간은 수 광년 거리를 무한으로 비행했다. 낙원 프로젝트 전반은 이 원리에 기반해 설계되었다.

압력을 견디는 특훈을 했으니 이젠 더 멀리 항해할 차례였다.

은하는 책임자급 직위를 달고 프로젝트를 관리했다. 오늘은 드디어 우주로 출항하는 날이었다. 에너지의 균형을 잡는 슈트를 착용했다. 비행은 다음 과정을 따라 진행되었다. 특수 장비를 착용하고 존재를 순식간에 축소하는 기계에 들어간다. 질량이 줄어들면 고출력 빔을 쏜다. 상실한 질량만큼 발생한 에너지를 추진력으로 활용한다.

장비와 물자들을 점검한 은하는 우주선에 탑승했다. 길목엔 대원들을 보려 앞다투어 모인 대중들이 있었다. 낙원 지구에 도착하면 몇 년 동안은 낯선 사람을 보시 못힐 것이다. 은하는 그들을 눈에 담으며 계단을 올랐다. 조종석에 앉자 의료진이 다가왔다. 그들은 은하에게 하이드로-세슘을 희석한 약물을 주사했다. 간호사가 혈관에 바늘을 꽂았다. 맥을 타고 하이드로-세슘이 밀려들었다. 은하는 눈을 감고 심호흡을 했다. 약이 전신을 순환하려면 10여 분 정도 걸렸다.

그가 안정을 취하는 동안 담당자들은 '체임버'를 작동시켰다. 체임버는 우주선 전체를 덮는 일종의 반구형 압축기였다. 뚜껑을 닫으면 내장 카메라를 통해 안이 보였다. 체임버 내벽에서 길쭉한 관이 나와 하이드로-세슘을 탐사선에 분사했다. 서서히 압력이 올라갔다. 그와 동시에 은하의 몸에도 변화가 생겼다. 감각과 신경들이 일렁이며 파란을 일으켰다. 체내 원자들의 간격이 좁아졌다. 존재가 흉골 틈새로 빨려드는 느낌이었다.

깊은 바다를 목격한 잠수사들은 육지로 오른 후 감압 체임버에 들어가 시간을 보냈다. 수면 위로 급격히 나오면 질소가 혈관을 막아 장기가 망가지거나 잠수병이 생겼다. 일부러 수압과 유사한 환경을 조성해 몸의 균형을 맞추어야 했다. 단단한 우주복을 입고 체임버 속에 있자니 잠수사가 된 기분이었다. 은하는 손끝을 천천히 까닥였다. 공기의 흐름과 미세한 소리에도 신경이 반응했다. 내부의 저항과 외부의 압력이 동시에 느껴졌다. 한 사람을 유지하려면 얼마나 많은 인력과 척력이 필요한지 실감했다. 은하는 세포들의 반응에 자신을 조절했다.

"시스템 준비 완료. 압축 및 발사 준비. 엔진 가동합니다."

본격적인 변화가 시작되었다. 모든 건 가슴뼈 사이로 실종되었다. 평형을 잃으면 뒤틀리고 붕괴될 것이다. 은하는 정신을 집중했다. 곧 신체가 깜박였다. 언제 겪어도 신비한 광경이었다. 방대한 에너지 자체가 되어 우주를 가로지를 땐 맥의 자리가 느껴지지 않았다. 대신 온몸이 심장으로 변했다. 파르스름한 빛이 우주선과 대원들을 감쌌다.

"발사 카운트다운 시작합니다. 10, 9, 8……."

시그널 사이로 물소리가 들렸다. 해수에게 입 맞출 때 났던 소리도 들렸다. 그 애만의 체향이 풍겼다. 서늘한 물과 꽃을 닮은 향기. 해수가 곁에 없어도 신경은 특정 자극을 생생히 재생했다. 은하는 여러 가지를 회상했다. 아버지가 꿈에 나타날 때마다 들린 소리(그런 날은 물 소리로 가득했다.), 생애 처음 본 익사체 주변에 몰렸던 새파란 불빛들, 흉터 진 해수의 발바닥……. 그 희고 외롭던 얼굴이 떠올라 은하는 정수리에 찬물을 끼얹고 싶었다. 지구로 귀환하면 더 이상 쓸쓸한 별에 그 애를 홀로 두지 않으리라. 낙원을 일구고, 지구 바깥에 아름다운 세상이 있음을 증명하리라. 언젠가 그날이 오면…… 해수도 행복해질까.

"4, 3, 2, 1……."

카운트가 줄어들수록 머릿속은 텅 비었다. 은하는 몽롱한 감각 속에서 현재를 알리는 푸른 불빛을 찾았다. 그게 깜박일 때마다 소멸에 근접했다.

"퍼펙트 커넥션. 발사."

수십 개의 얇은 섬유들이 튀어나와 다른 우주선을 연결했다. 손톱 크기로 축소된 우주선들은 별자리처럼 이어져 비행 준비를 했다. 체임버가 열리며 하늘이 드러났다. 순식간에 몸이 젖혀졌다. 빠른 속도로 선체가 출발했다. 초음속 1단계까지는 바깥 풍경이 보였다. 새파란 하늘과 산맥, 껍질 같은 건물 숲, 드넓은 바다와 왜소한 지형지물이 보였다. 속력이 붙을수록 경치는 일그러졌다. 나중엔 붓으로 섞은 한 덩어리의 색채처럼 보였다.

"2단계 엔진 진입."

눈 깜짝할 새 우주선이 대기권을 통과했다. 2단계는 초광속 모드였다. 은하는 지구를 한 번 더 돌아보는 걸 깜박했다. 아차 싶은 순간 경관은 거대한 암흑으로 변했다. 지구는 초라한 푸른 점이 되었다.

"하이드로-세슘 농도 안정적입니다. 3단계 타키온 엔진 가동. 일반 통신을 종료합니다."

인류가 구현한 기술의 정점이 실현되었다. 지금의 우주선은 수없이 반짝이는 점멸등 같았다. 가슴에 휑한 공동이 뚫렸다 메워졌다. 영혼이 되었다 돌아오는 감각. 이것이 인류가 몇억 광년 너머 행성까지 탐사하도록 만든 최신 기술이었다. 질량의 해체와 복원을 반복하며 빛보다 빠른 입자에 도달하기, 그리하여 무한에 가까운 속도를 출력하기. 소멸의 타이밍을 맞추며 궤도를 설정했다. 혼란스러운 우주에서 스스로를 잃지 않아야 했다. 하이드로-세슘의 비행 속에서 은하는 자신이 죽음을 이해한다는 착각에 빠졌다. 일부만 사실이었다. 어쨌든 낙원 프로젝트 대원들은 수천 년간 생물을 끌어당기던 중력으로부터 탈출했다.

"등대 좌표 잡았습니다. PSR M4102-6140, PSR V2710-4030."

"잘 하고 있습니다. 행성계 진입까지 카운트다운."

고래자리의 펄서*들이 내뿜는 전파를 포착해 운항로를

---

* 전자기파 광선을 뿜으며 자전하는 중성자별. 주기적인 복사 활동은 등대 효과라고 부른다. 맥박치는 존재 같아 펄서(pulsar)로 이름지어졌다.

조절했다. 비행선이 궤도를 틀면 이명이 찾아왔다. 소음의 폭과 종류는 화음만큼 다양했다. 계기판 센서를 만지자 천체가 내는 맥박 소리가 들렸다. 변광성들의 파동이었다. 수명이 다한 별은 대규모의 맥동을 남기는데 이 붕괴의 흔적을 따라가면 목적지에 도착했다. 일생을 마친 별의 격변이 인류의 노선을 이끌었다. 은하는 광대히 울려 퍼지는 별들의 관현악 사이로 날았다. 우주는 생각보다 훨씬 수다스러웠다. 인간이 모르던 시절에도 수많은 합성음을 냈다. 의식에서 잊힌 것들은 우주로 향하여 영원한 선율이 되는지도 몰랐다.

"충격파 발생 감지. 조심하십시오."

대원의 목소리가 들리기 무섭게 비행선이 큰 폭으로 기울었다. 은하는 조종간을 잡았다. 창을 스치는 푸른 꼬리가 보였다. 뒤이어 굉음이 덮쳤다. 혜성 일부를 스친 모양이었다. 반동으로 밀려난 얼음들이 휘어지며 푸른 꼬리를 형성했다. 털을 휘날리며 달리는 거대한 영양 같았다. 은하는 침착하게 균형을 잡았다. 혜성의 핵으로 우주선을 틀었다. 좌표를 재설정했다.

"낙원 지구 목표 지점 확인. 대기 흐름 적합. 착륙 포트 커넥션 확인. 궤도 진입할까요?"

눈앞에 흑색 행성이 나타났다. 낙원 지구였다. 드디어 그 별이 모습을 드러냈다. 행성은 탄 반죽처럼 거무스름했고 대기와 바다 전부 먹빛이었다. 앞서 파견된 기술자들이 구축한 생존 지역만 베어 먹은 과일처럼 표가 났다. 은하는 커넥션을 확인한 후 동료들에게 착륙을 지시했다. 관제 센터와 통신이 연결되었다.

"감속, 질량 복원 준비. 선회각 조정합니다. 완료. 랜딩 기어 작동. 하강합니다."

활강하며 은하는 질량을 서서히 되찾았다. 이제, 육안으로는 더이상 지구를 볼 수 없었다. 은하는 옛 터전이 아득한 낙원으로 왔다. 비행선이 지난 궤적만 푸르고 긴 상흔으로 우주를 갈랐다.

인간 생존엔 물이 필수적이었다. 생명체 거주 가능 지역을 찾기까지 많은 시행착오를 거쳤다. 수분이 증발하지도, 얼어붙지도 않을 온도의 행성이 필요했다. 산소 포화도와 다른 원소들의 함량도 중요했다. 소행성들이 자주 부딪히지 않으며 블랙홀의 영향을 받지 않는 곳이어야만 했다. 낙원 지구 후보를 찾는 동안 은하는 지구가 얼마나 수많은 우연의 산물인지 실감했다. 행성을 지구의 쌍둥이로 만드는 건 가히 신의 영역이었다. 오염된 지구를 재활용하는 게 훨씬 쉬웠다. 그래서 인류는 전략을 바꾸었다. 행성 전체는 무리이더라도 특정 지역을 개발할 수는 있었다. 끈질긴 조사 끝에 고래자리 타우 행성계의 신생 별을 패러테라포밍* 대상지로 결정했다.

은하는 투박한 원형 돔 우측에 기체를 도킹했다. 해치가 열리자 한편엔 푸른 인공 하늘이, 다른 쪽엔 행성 본래의 황량한 풍경이 펼쳐졌다. 지평선으로부터 동이 트는 중이었다. 검은 하늘에 해가 들면 부채꼴 모양의 파란 빛이 솟았다.

"기다렸습니다. 비행은 순조로우셨습니까?"

"순항이었습니다. 생태 시스템과 미생물 수치는 이상 없습니까?"

"예. 보시는 바와 같이 안정 수준에 접어들었습니다. 대류 조절기의 미세한 오차와 기압 균형도가 미진하긴 하지만, 금일은 피로하실 테니 여독을 푸신 후 보고하지요. 보완팀이 해결 중이라 큰 문제는 없을 겁니다."

---

* 행성에 돔으로 이루어진 거주 시설을 구축하여 부분지구화를 이루는 것.

"알겠습니다. 보고서는 미리 준비해 주십시오. 회의 전 검토하겠습니다."

마중 나온 직원들에게 자원 이송을 지시한 후, 은하는 야외가 비치는 통로를 따라 낙원 지구를 걸었다. 이곳은 인간이 조성한 에덴동산이라 할 만했다. 하이드로-세슘 에너지를 기반으로 작동하는 시설 안에선 새하얀 폭포가 물방울을 튀겼다. 흰 꽃잎에 맺힌 이슬을 쪼는 벌새들과 풋과일이 즐비한 농장도 있었다. 구름 생성기가 파이프로 수증기를 뿜으면 건조한 지역에 자동으로 비가 내렸다. 그때마다 얇고 연한 무지개가 걸렸다. 동쪽엔 열대 우림이, 서쪽엔 인공 바다가 있었다. 지역을 가르는 경계마다 공중 스크린이 있어 부족하거나 과도한 요소를 알렸다. 지금은 균형이 적절하다는 의미의 녹색 선이 떴다. 그걸 보자 은하는 감회가 새로웠다.

이 행성이 낙원이 되리라 처음부터 예상한 건 아니었다. 은하가 이곳을 후보에 올렸을 때 다들 말도 안 되는 선택이라 비난했다. 대기는 과도하게 불안정하고 토양은 난생처음 보는 흑색이었다. 생명의 그림자는 어디에도 없었다. 그러나 은하는 어쩐지 이 행성에 마음이 끌렸다. 흑색 구심을 푸른 빛이 감싸던 별의 사진, 그게 떠올랐다. 죽음의 구덩이를 닮은 별은 무언가 숨겼다. 감춰진 정체를 알고 싶었다. 은하는 별의 가능성을 끈질기게 추적했다. 성과는 쉽게 나오지 않았다. 연구비가 한계에 다다를 즈음 은하는 기존 실적까지 의심받았다. 그때, 무인 탐사 로봇이 사진 한 장을 전송했다. 푸른 빛이 도는 광물의 사진이었다. 은하는 자료를 폐기하기 전 마지막이라는 심정으로 그걸 분석했다.

"이건 하이드로-세슘의 별이야!"

어느 날 새벽, 은하는 이렇게 외치며 놀라움에 차 서류를 내던졌다. 광물의 빛은 표면에 묻은 희끄무레한 물질들 때문이었다. 그 성분 속에서 풍부한 헤모시아닌과 하이드로-세슘이 발견되었다. 이건 지구의 심해와 흡사했다. 종종 극해 바다의 생물들이 헤모글로빈 대신 헤모시아닌을 혈색소로 선택하는데, 그 안에 포함된 구리 성분이 산소와 닿으면 푸른 빛을 냈다. 더욱이 자료에 나타난 하이드로-세슘의 함유량은 지구의 몇 배 이상이었다.

즉, 어쩌면 이 행성엔 산소와 물, 생명이 존재할 가능성이 높았다.

결론부터 말하면 은하는 그것들을 전부 찾아냈다. 최초로 발견된 건 투구게를 닮은 절지동물이었다. 그것들은 몇억 년간 지구에서 생존한 투구게처럼 이 행성에서도 푸른 피를 흘리며 살았다. 은하는 서식지를 추적해 토양처럼 흑색인 바다를 발견했다. 풍부한 하이드로-세슘까지 에너지원으로 활용할 수 있었으니 신이 내린 선물이었다. 결국 이별은 인류의 대안 행성으로 선정되었다.

패러테라포밍은 만만한 과정이 아니었다. 현장을 둘러본 은하는 비로소 안도의 한숨을 쉬었다. 작금의 형태를 갖추기까지 수많은 시도가 있었다. 필요조건 중 하나만 오류가 있어도 생물들은 금방 멸종했다. 은하는 생명의 성질은 폭력적이며 쉬이 통제할 수 없음을 깨달았다. 곰팡이들과 이끼, 포자 재배는 성공했다가도 한순간 망했다. 산소 및 이산화탄소의 균형이 틀어지면 사람들은 고산증에 시달렸고 우울했다. 패러테라포밍은 지구의 형성 과정과도 천차만별이었다. 갈색 흙과 푸른 대기로 이루어진 지구와 달리 이곳은 흑색 토양과 검은 하늘을 가졌다. 석양은 푸르스름한 보랏빛이고 바다엔 흰 갑각류들이 살았다. 오직 식물만 지구와 유사했는데, 조용하고 무참하게 행성을 탈바꿈한 후 다른 생물들의 양분이 되었다. 은하는 뿌리들의 세계를 경이롭게 바라보았다. 낙원의 주민이 될 자격은 새로운 순환에 포함되느냐 아니냐로 결정되었다. 생태계를 유지하는 건 거대한 것들이 아니었다. 박테리아와 미생물, 씨앗이나 벌레처럼 조그마한 존재들의 공생이 균형을 지탱했다. 낙원에서는 보잘 것 없던 것들이 필수 불가결한 순위를 차지했다. 작은 환경 변화는 유기체들의 삶과 직결됐다. 언제나 참신한 메커니즘의 발명이 필요했다.

다음 날부터 눈코 뜰 새 없이 바쁜 업무의 연속이었다. 머나먼 행성의 낙원은 손볼 곳이 많았다. 거주 인원이 증가할 때를 대비한 공간도 마련했고 시스템의 안정성도 점검했다. 인공 바다를 유지하는 일은 특히 어려웠다. 해수 교환율이 떨어지면 금세 악취가 났다. 플랑크톤이 과잉일 땐 다른 생물들이 폐사했다. 생체 시계를 회복한 날부터 은하는 일에 전력을 쏟았다. 자원 조달이 불가능할 경우를 대비한 저장고를 만들었다. 부지를 확장하기 위해 드는 시간과 비용도 계획했다. 푸른 해가 뜨면 수십 군데를 시찰했다. 하루 빨리 새 지구를 완성해 해수를 데려오고 싶었다.

자신을 움직였던 동기의 밑바닥엔 항상 해수가 있었다.

사실, 바다에 이끌리지 않는 해수를 보고 싶었다. 그 애의 눈동자 너머 해류가 물결치면 은하도 괴로웠다. 해수는 성장하며 바다에 더욱 매료되었고 그때마다 은하는 그 애를 빼앗길까 두려웠다. 해수에게 한 번도 고백한 적 없었지만 낙원 지구에선 상실의 그늘에 쫓기고 싶지 않았다. 이곳

하늘엔 수천 개의 찬란한 별들이 있고 모든 게 지구와 반대였다. 생경한 검은 바다는 오염이 심한 지구보단 나았다. 자신이 일굴 세계를 머릿속에 그리는 사이 운항 중 터졌던 팔의 핏줄이 푸른 잎맥 모양으로 멍들었다.

하이드로-세슘은 풍부했지만 사용 가능한 에너지로 변환하는 정도엔 한계가 있었다. 공적 보고용 통신 외 사적 연락은 3주 한 번으로 제한되었다. 에너지의 사용은 계획적이어야 했다. 다만 은하는 바다에 관한 제언이 필요하다는 핑계로 가끔 해수에게 연락을 취했다. 그때마다 스크린 속 해수는 야위었다. 은하는 부러 딴소리를 하며 그걸 언급하지 않았다. 낙원과 지구의 시간은 다르게 흘렀다. 그 간극을 들추고 싶지 않았다. 만약 속마음을 드러낸다면 이런 말이 튀어나올 것 같았다.

너도 언젠가 떠날 거잖아. 그러니 날 비난하지 마.

그건 스스로의 옹졸함을 내보이는 말이었으므로, 은하는 다른 이야기를 필요로 했다. 해수는 지구 바다의 오염을 복구하는 연구를 했다. 해양의 작동 원리를 이해하려면 바람, 기온, 수온, 조류와 파랑을 골고루 예측하는 게 필요했다. 은하는 부러 그것들을 물었다. 실은 답을 읊조리는 해수의 입술과 그때마다 일렁이는 목덜미에 집중했다.

"어제는 물고기의 뼈를 주웠어."

"낙원은 고기들이 살지 않는데."

"오늘은 비늘의 나이테를 손톱으로 긁었어. 물고기가 살아온 세월은 물컹거리고, 한 줌 손톱 아래 비린내일 뿐이더라."

"보고 싶다."

"참, 낙원에서 사용하는 장비는 광센서를 기반으로 하니 성급히 다루지 않는 편이 좋아."

"여기도 고칠 게 한두 군데가 아니야. 네가 곁에 있으면 좋겠는데."

"때로 넌 나를 안타깝게 만들어. 잔인할 만큼."

"……미안해."

해수의 연구실 문밖에서 노크 소리가 들렸다. 해수는 잠시 누군가와 이야기를 하더니 돌아왔다. 담담한 말투는 여전했다. 눈꺼풀을 아래로 내리는 버릇도 그대로였다. 은하는 그 애의 팔목을 보고 싶었다. 하지만 팔은 가운에 가려지거나 책상 아래 놓여 잘 보이지 않았다.

"가 봐야겠어. 요즘 감염병이 돌아서 난리야."

해수는 산업체가 배출하는 방사수의 폐단을 고발했다 찍혔다. 정치가들은 해수가 요청한 해역과 다른 위치를 측정하곤 '과학으로 안정성을 입증했으니 눈 딱 감고 버리자.'

고 답했다. 해수는 조소하며 과학은 원하는 대로 연출하는 소설이 아니라고 말했다. 그 후 인간에게 관심이 떨어졌는지 바다 동물 연구에만 매진했다. 그런 해수를 이번엔 정부가 먼저 찾았다. 은하가 물었다.

"또 집단 폐사라도 해?"

"아니. 이번은 물고기들이 아니야. 사람들이 발병했어. 왜, 플랑크톤의 체내에 쌓인 플라스틱 수치가 정상 한도를 넘었다고 말했지? 그게 방사능 오염이 심한 해역의 물과 만나 변종 바이러스가 생겼나 봐. 정확한 경위와 병원체를 확인해야 된대."

"네가 꼭 가야 해? 위험하진 않아?"

"인력이 얼마 없으니까. 지난 예산 삭감 즈음해서 많이들 나갔고, 전공자가 없어 후임도 마땅치 않은 실정이니……"

"잠은 잘 자?"

은하의 물음에 해수가 고개를 들었다. 그가 느리게 두 번 눈을 깜박이자 잔물결이 반짝이는 것처럼 시선이 일렁였다. 해수는 부드러운 미소를 지었다.

"아직은……. 초심을 생각하려 노력해. 난 바다에 무엇이 있는지, 그들이 무엇을 그토록 말하고 싶은지 알길 원하니까, 그러니 계속 살아가야 하겠지."

은하는 고개를 숙였다. '그들'이 누구를 지칭하는지 해수는 설명하지 않았다. 은하도 묻지 않았다. 둘에게는 서로 어디에 사는지, 이름이 무엇인지, 어떤 사람인지도 모르던 시절이 있었다. 이름을 안 후부터 해수의 존재가 은하의 곁을 내내 따라다녔다. 그 애가 차분한 말투로 본심을 말하면 은하는 핏줄에 물이 찼다. 혈관이라도 뽑아 그 애 곁에 두고 싶었다. 둘 사이를 수십 광년의 가스와 먼지, 자기장 폭풍, 유성우, 성단의 집합이 채우고 나서야 그 애가 사무쳤다. 바다에 몸을 담그고 낙하하던 별을 보던 날, 지구를 둘러싼 공허는 너무 거대해 해수의 맥동이 필요했다. 물기 어린 밀착만이 소멸하는 감각을 막았다. 하지만 지금은 누구도 서로를 안을 수 없었다. 각자의 자리에서 고독을 감내해야만 했다. 해수는 종종 지구의 침묵을 말했다. 인간이 시끄러울수록 푸른 별은 무섭도록 침묵한다고. 그 광대하고 우울한 침묵은 훗날 모든 걸 뒤엎고 발언할 준비라고. 자연은 균형을 회복하는 성질이 있어 본연의 목소리를 터트릴 것이라고. 다만 어째서인지 누군가에게 전조를 속삭이는데, 마치 노래와 같은 소음이 들리면 귀를 기울여야 한다고. 자신은 과학자이며 증거에 입각해 진리를 밝히지만, 때로 이 소리를 듣는다면 필사적으로 경청할 수밖에 없다고. 인간이 갖출 수 있는 유일한 예의라고. 해수는 은하에게 소음을 들은 적 없는지 물었다. 은하는 푸른 환상을 말하지 않았다. 언제나 창 너머에서 동굴 같은 목구멍을 열어 소리지르는 환영은 굳게 닫힌 틀에 머리를 부딪치다 물보라로 사라졌다. 그러면 은하는 차디찬 유리에 이마를 박고 울었다. 우주에 온 후 환상들은 사라졌다. 은하는 허공에 떠 있는 해수에게 손을 뻗었다. 손가락을 통과한 이미지들은 방사형으로 부스러졌다. 묘한 불안감이 엄습했다. 해수는 자리를 정리하고, 목덜미를 만지고, 소매를 내려 팔을 덮곤 일어섰다. 영상을 종료하기 전 건조한 혼잣말이 들렸다.

"이런 걸 보면 사람이나 동물이나 다를 바 없어. 인간이 특별하면 동물의 균 따위 전파되지 않을 텐데……."

영상이 종료되었다. 해수는 사라졌다. 은하는 녹화 파일을 다시 틀었다. 몇 초 전의 해수가 나타나 말간 얼굴로 같은 말을 반복했다. 은하는 해수에게 바다를 볼 때마다 자신을 생각하는지 묻고 싶었다. 은하는 그랬다. 바다 앞에선 해수를 생각했다. 섬세한 손가락으로 플라스크를 만지는 해수는 때로 수상 장비를 뜯고, 부수고, 전선을 설치하러 바다로 떠났다. 그 모습을 보면 수중 용접을 하던 아버지가 떠올랐다. 두툼하고 투박한 아버지의 손과 마르고 가느다란 해수의 손은 달랐지만, 위험하고 까마득한 곳으로 지체 없이 가 빛을 만드는 뒷모습은 같았다. 은하는 왜 그 등을 좀 더 안을 수 없었는지 후회했다.

❋

해수와 통화를 마친 후 은하는 일에 전력투구했다. 그렇게 해야만 할 것 같았다. 떳떳하고 싶었다. 지역을 순찰할 때면 해수에게 보여 주고 싶은지 아닌지를 기준으로 개선책을 강구했다. 척박한 행성에서도 자원과 생물들이 원활히 살도록 돌보는 게 은하의 일이었다. 은하는 잠자는 시간만 제외하고 모든 힘을 낙원에 쏟았다. 낙원 지구는 빠른 속도로 번듯해졌다. 생물 하나하나, 기술 하나하나에 은하의 정성이 담겼다. 지구에서도 흡족한 반응이 돌아왔다. 소장은 은하를 후임으로 공표했다. 향수병이 기승을 부릴 때에도 팀원들은 그의 열정에 감화되었다. 프로젝트는 순항했다.

해수의 가족들과 은하 아버지의 기일을 여러 번 지났다. 지구에서는 해마다 은하가 꽃을 사고 해수가 한 송이를 손질해 말렸다. 분향 후 남은 꽃은 해수의 가족들이 쓴 포스트잇 메모 사이 보관했다. 은하가 우주로 떠난 후엔 해수가 대신 꽃을 들고 항구를 찾았다. 지난밤, 은하는 푸른 꽃잎을 떨구며 걷는 해수의 꿈을 꾸었다. 해안선을 따라 새파란 물망초를 밟다가 꽃 무더기 속에 몸을 던지는 꿈이었다. 은하는 지구에 돌아가면 그 꽃으로 다발을 만들어 해수에게 선물하리라 마음먹었다.

어느새 프로젝트 종료가 석 달 앞으로 다가왔다. 알람 소리와 동시에 은하는 눈꺼풀을 가볍게 떴다. 조만간 완공을 선언하고 지구로 귀환할 예정이었다. 아침 공기가 상쾌했다. 이곳은 해가 솟아도 새벽처럼 어스름했다. 보통은 수족관에 갇힌 돌고래의 심정이 이해되는 몽롱한 상태로 기상했다. 마무리 시점이 다가와서인지 기분은 개운했다. 한 주만 더 있으면 해수에게 연락할 차례였다. 그날 무슨 이야기를 할지 생각하며 은하는 아침을 먹었다.

출근 도중 바닷가 순찰을 돌았다. 낙원의 검은 바다는 물결이 잔잔하고 가끔 투구게가 흘린 피로 얼룩졌다. 지구에서 파란 유전자를 주입한 진청색 국화꽃을 본 적 있는데, 투구게의 핏방울은 그 꽃잎보다도 선연했다. 혈액이 떨어지면 하이드로-세슘이 붙어 다이아몬드처럼 찬란하게 빛났나. 물속에 손을 넣고 휘젓자 은하수를 가지고 노는 기분이었다. 은하는 바다의 빛깔을 촬영했다. 해수에게 보여 줄 요량이었다. 지구엔 주기적으로 새 전염병이 발발했다. 덕분에 해수는 나날이 초췌했다. 건강이 걱정될 정도로 수척했다. 은하는 변종 바이러스의 등장이 빈번한 건 지구의 수명이 다한 증거라고 생각했다. 하루 빨리 낙원을 완성해야 했다. 지구가 종말을 맞아도 우리에게 발 디딜 안식처가 있음을 해수에게 알리고 싶었다. 처절한 밑바닥을 보이지 않는 바다가 있음을, 본래부터 검은 물결에서 빛을 피우는 바다가 있다는 걸 전하고 싶었다.

은하는 영상을 저장한 후 만족스러운 기분으로 본부에 돌아왔다. 그런데, 자리에 최고 비상 상황을 알리는 붉은 등이 켜져 있었다. 소장으로부터의 긴급 연락이었다. 프로젝트 기간 동안 붉은 경고등은 처음이었다. 가장 높은 단계의 위급 상황이란 뜻이었다. 은하는 통신처로 뛰었다. 프로젝트 종료 시점에 비상 연락이라니 신경이 바짝 곤두섰다. 은하는 다급히 통신기를 작동시키고 연락을 취했다. 스크린에 굳은 표정의 소장이 나타났다. 초조하게 웅성대는 주변 소리가 들렸다. 그의 이마에 식은땀이 맺혔다. 소장은 여간해선 흐트러지는 모습을 보이지 않았다. 보통 중한 사안이 아님을 직감했다. 마이크가 켜지자 은하가 물었다.

"무슨 일이십니까?"

"귀환이 미뤄질 예정이네."

"예?"

누군가 뒤통수를 망치로 때린 듯 얼얼했다. 일정이 틀어지는 정도는 예사였지만, 지구로 가고 싶은 마음이 최고조였던지라 마른 하늘에 날벼락이었다. 은하는 조바심이 들었다. 동료들도 프로젝트 종료를 선언할 날을 손꼽아 기다렸다. 그 마음을 아는지 모르는지 소장은 계속 뜸을 들였다. 은하는 답답했다. 그를 재촉하자 소장은 주저하며 말했다.

"미안하네. 지금으로선 정확한 시일을 확답하기 어려워. 이런 상황은 나도 처음이라 난감하군. 일단 기다려 주게. 별다른 방도가 없어. 상황이 정리되는 대로 다시 연락하지. 일단은 총 책임자인 자네만 상황을 알고, 비상 통신은 24시간 켜 두게. 대원들이 혼란에 빠지지 않도록 챙기고."

"그야 이런 상황엔 누구나 당황스러울 겁니다. 저도 납득되지 않습니다. 이렇게 갑작스러운 일정 연기라니. 미리 언질을 해 주셨으면 좋았을 텐데요. 지구 사정이 어떤지 몰라도 낙원 프로젝트는 본 시일에 맞출 수 있습니다. 다들 가족과 지구를 그리워해요. 한창 진행에 박차를 가했는데……. 이유라도 정확히 말해 주십시오. 이대로는 대원들을 볼 면목이 없습니다. 반발이 심할 겁니다."

"나도 그러고 싶네. 하지만……."

불길한 예감이 은하를 엄습했다. 소장은 자꾸 말을 얼버무리며 망설였다. 이전의 그 답지 않았다. 깊은 한숨을 반복하는 소장을 보자 의혹이 고개를 들었다. 왜 속 시원히 설명하지 않는 걸까? 숨기는 게 있나? 그가 변한 건 아닐까? 정말 합당한 사정 때문에 일정을 연기하는 건가? 무언가 큰일이 발생한 건 분명한데 명확지 않았다. 진상을 알아야 대처할 수 있음에도 찝찝했다. 국제기구 사정이 나빠졌거나, 큰 사고가 발생했거나, 정치 상황이나 여론이 악화되거나, 자금이 부족하거나……. 무엇이든 정보가 투명해야 방도도 찾을 수 있었다. 은하는 꿈쩍 않고 소장을 노려보았다. 어쨌든 자신은 타지에서 몇백 명의 대원들을 책임졌다. 어떤 상황이든 돌파구가 있을 것이다. 소장이 거짓을 말하지만 않는다면. 은하는 의뭉스러운 소장의 태도를 의심하며 화면을 보았다.

그가 당혹감 어린 얼굴로 뱉은 대답은 예상 밖이었다.

"납득하도록 설명해야겠지만, 나도 머릿속이 정리되지 않는군. 그러니까, AI 지능 폭발이라는 게 발생했어. 발원지는 확인되지 않았고, 그것들…… 인공지능들이, 기묘한 방식으로 인간을 공격했네."

"AI 말입니까?"

은하는 의아했다. AI 지능폭발이란 가끔 SF 소설에서도 등장하는 것으로 생소한 개념은 아니었다. 인공지능 산업이 유행할 때부터 정부나 관계자들이 이를 예견하지 못했을 리 없었다. 개발 단계에서 안전 장치를 마련하고 규제하자는 움직임도 많았다. 그런데 왜 이제 와 인공지능을 들먹이는지 이해되지 않았다. 은하는 반박했다.

"AI 시스템은 국가 윤리 기준을 어길 수 없도록 제어 프로세스를 입력했을 텐데요. 법으로도 제한했고, 그 정도는 기술자들이 곧 처리하지 않겠습니까? 프로그래밍을 다시 하거나……. 아무리 그래도 인간이 만든 시스템인데, 통제가 그토록 어렵습니까?"

"그래. 그건 우리 모두 알지. 하지만 이번 일은 예상 범주 밖이야. 정부가 원인 파악 중이지만 확산 속도가 너무 빨라. 벌써 수천 명이 말소되었다는 보도가 나왔어. 지금 귀환하면 대원들 전부 위험할 걸세. 항공로도 마비되었고 우주 정거장도 마찬가지야."

"말소요? 그게 대체 무슨……."

"시간이 없어! 여긴 전시 상황이나 다름없어. 다음 지침 전까지 귀항을 보류하고 대기하도록. 안전을 위해선 이게 최선이야. 경과 예측이 어려우니 에너지는 최대한 비축하고. 상황이 나아지면 바로 통신하지. 그동안의 지휘는 일임하겠네."

전언이 끝나기 무섭게 화면이 종료되었다. 침묵이 은하의 등골을 쓸고 지나갔다. 설명할 시간도 없을 만큼 급박한 사태인 모양이었다. 화면 너머의 우주 개발 기구는 사뭇 비장했다. 소장이 거짓말을 하는 것 같진 않았다. 만약 그의 말이 사실이라면, 전례 없이 심각한 무언가가 터진 게 분명했다. 하지만 지구의 상황을 자세히 알 수 없으니 어떤 대처를 해야 할지 난감했다. 핫라인으로 지령이 오기 전까지 무작정 대기라니……. 이렇게 가만히 기다리는 게 정답일까? 잠시 해수가 떠올랐다. 그러나 지체할 시간이 없었다. 은하는 비상 체제를 선포하며 관제실로 달렸다. 전 시스템에 긴축 모드가 실행되었다. 다음 지령까지 누구라도 사적인 연락은 금지되었다. 에너지를 함부로 소비할 수 없었다. 동시에 자력으로 낙원 지구를 유지해야 했다. 은하는 바닥에 주저앉았다. 해수가 그리웠다. 은하와 대원들은 낙원에 고립되었다.

❋

　시간은 속절없이 흘렀다. 지구로부터는 무소식인 채 한 달이 지났다. 비상 연락망을 풀가동했으나 신호는 없었다. 은하는 초조했다. 하루종일 통신처를 서성였다. 가끔 저품질의 희미한 전파가 잡혔다. 그러나 은하가 기대하는 연락은 아니었다. 대원들은 공사 마무리 단계에 들어갔다. 지구의 상황을 알 수만 있다면 상의라도 할 텐데, 계기판은 무심할 만큼 조용했다. 비밀을 일임한 소장은 침묵만 지켰다. 이곳은 지구와 수 광년 떨어진 고래자리 행성이었다. 만약 대원들의 심경에 변화가 생겨 사고가 발생하면 위험했다. 전원 사망할 수도 있었다. 하지만 은하 홀로 비밀을 짊어지는 일도 고통스러웠다. 은하는 몰래 하이드로-세슘 에너지의 일부를 훔쳐 지구로 연락을 취하기도 했다. 여전히 응답은 없었다. 엄습하는 불안감에 매일 밤잠을 설쳤다. 예상일을 넘긴 날, 은하는 대원들에게 사실을 밝히기로 결심했다. 갑작스러운 에너지 감축과 귀환일 공표가 미뤄지는 데에 의문을 표하는 사람들이 많았다. 논란이 증폭되기 전 설명이 필요했다. 낙원까지 온 인재들이니 석응력은 좋은 편이었다. 하지만 지구와 동떨어진 행성에선 작은 동요도 위협적이었다. 일단 상황을 알리고 대비해야 했다. 은하는 통신망을 열었다. 낙원 지구 전체에 스크린이 켜졌다.

"여러분들께 중대한 공지가 있습니다. 잠시 하던 일을 멈추고 집중해 주십시오. 복귀일이 지연될 예정입니다. 이에 따른 TF팀 조성이 있겠습니다. 여러분의 협조가 절실합니다. 왜냐하면……."

그때였다. 갑자기 우측 비상 연락망에 송신이 왔다. 발신자는 소장이었다. 은하는 황급히 개인 스크린에 그걸 연결했다. 알람이 울리며 메시지가 켜졌다. 빠르게 세 번, 느리게 두 번……. 모니터에 흰 텍스트가 떴다. 음성이나 영상자료는 없었다. 급박함이 묻어나는 전보 뿐이었다.

항로를■■■■■폐쇄하라. 지□□□□■구로 □돌 아 오 지■ ■■■말라. ■□□□□ㅣ이□■□□곳은 더□□■이상■□■ 안■ 전하ㅈ□■□□ㅣ 않다.

온통 깨지고 흐트러진 글자들이 깜박였다. 오탈자로 가득한 문장이 삐 소리를 울리며 사라졌다. 은하는 통신을 역추적했다. 그러나 모든 전파망은 차단되어 있었다. 뼛속까지 절망감이 스몄다. 시커먼 화면에선 잡음만 흘렀다. 최악의 상황이었다. 식은땀이 흘렀다. 공지를 접하고 의문을 표하는 대원들의 얼굴이 보였다. 그들은 아직 이 메시지를 보지 못했다. 각 지역의 스크린이 그들을 비추었다. 동고동락하며 낙원을 일군 그들의 눈동자를 마주한 순간, 은하는 그만 이렇게 말했다.

"방금 지구로부터 전언이 왔습니다. 낙원 지구의 성과에 경의를 표하며 추가 사업을 수주하였습니다. 이곳을……'기적의 별'로 선언했습니다. 최대한 빠른 시일내에 지구인들의 이주를 원한다고 합니다. 무엇보다, 그 첫 번째 행운의 주인공은 여러분의 가족과 친구들입니다."

내가 지금 무슨 소리를 하는 거지. 은하의 머릿속에서 다른 자아가 의문을 표했다. 그러나 입은 별개로 계속 말을 지어냈다.

"다만 지구와 독자적으로 운영이 가능한지 검증이 필요합니다. 3년간 자립을 증명하면 정부가 참여자 전원의 2계급 특진 및 일평생 연금 보장을 약속했습니다. 이건 전 지구적이고 이례 없는 우주 실험입니다. 우린 역사의 한 장면을 새로 쓸 것이며, 영원한 이름을 남길 것입니다. 지구와의 연결을 최소화하는 것이 목표라 보고는 제가 전담합니다. 석 달에 한 번 요청자들에 한해 서신을 받을 수 있도록 하겠습니다. 그 외에는 오직 우리만의 힘으로 살아가야 합니다. 지구의 가족들은 전원 동의했습니다. 단 3년. 3년만 노력하면 자신뿐 아니라 가족과 친척, 연인, 내가 사랑하는 누구라도 추천을 통해 인생 역전의 주인공이 될 수 있습니다."

빈 눈동자가 되는 게 두려웠다. 은하는 생각했다. 나는 강하지 않아, 하지만 이곳에서 가만히 죽고 싶지도 않아……. 등 뒤로 빈 모니터가 입을 벌렸다. 은하는 그걸 쳐다보지 않으려 애썼다.

"팀원들의 3분의 1은 사전 제안을 받고 참여를 결정한 상태입니다. 소수 인원으로 진행할까 했지만, 이곳을 일군 일등공신은 여러분 모두라는 데 생각이 미쳤습니다. 저는 우리가 다 함께 영예로울 자격이 충분하다고 생각합니다. 상부에 건의한 바 여러분이 동의하신다면 전원이 낙원 지구의 개척자로 남을 수 있습니다. 불가능은 없습니다. 우린 할 수 있습니다. 해낼 것입니다. 다같이 힘을 모아 기적에 동참해 주십시오!"

사람들의 심리란 타인들이 전부 이익을 보겠다고 나서면 자신만 손해 보기는 싫은 법이었다. 타인이 얻을 영광을 설파하자 낙원 지구 주민들은 솔깃했다. 딱 3년만 인내하면 나머지 몇십 년을 편히 산다는 달콤한 말. 특정 인재들만 권유 받았으나 자신 또한 그 반열에 오르리라는 말. 자신의 이익은 누구도 대신 챙겨 주지 않는다는 말. 이런 미끼들을 던져 은하는 모두의 동의를 얻었다. 새 프로젝트의 출범을 선언한 직후, 은하는 자리에 쓰러졌다. 3년 안에 지구의 상황을 파악할 방도를 찾아야 했다. 동시에 흔들림 없이 살아남아야만 했다.

❋

낙원 지구는 하이드로-세슘으로 작동했다. 비축분 확보가 중요했다. 소비 총량을 계산해 창고를 마련했다. 고립이 장기화될 경우를 대비하여 자체적으로 채굴한 원소를 보관하는 법도 개선했다. 눈 코 뜰 새 없이 바쁜 가운데 1년이 무탈하게 지났다. 은하는 석 달에 한 번씩 대원들의 개인 기록을 열람해 가족과 친지들의 이름으로 소식을 꾸몄다. 그들의 사생활 자료를 뒤져 말투나 사건들을 엇비슷하게 썼다. 거짓은 쉬웠다. 서너 줄이면 충분했다. 지구에선 이렇게 지낸다, 프로젝트를 하는 당신을 존경한다, 대의를 멋지게 이루고 만나자 등을 적었다. 괜찮다, 괜찮다…… 우린 모

163

두 잘 산다…… 당신이 우리를 지킨다…… 비참한 지구인처럼 살고 싶지 않다…… 열심히 해 낙원에서 만나자…….
사람들을 속이는 건 쉬웠다. 보고 싶은 것만 보여주면 되었다. 그걸 건드릴수록 사람들은 쉬이 편지를 믿었다. 시스템이 안정되기 전엔 사실을 밝힐 수 없었다. 모르는 게 약이었다.

은하는 광적으로 일에 매달렸다. 낮에는 낙원 지구 업무에 종사하고 저녁엔 지구로 돌아갈 방법을 필사적으로 찾았다. 지구가 전쟁통이라면 최소한 상황을 파악할 기술이라도 필요했다. 생존에 몰두하다 보면 해수가 희미했다. 인정하기 싫어도 이별이 길어지자 감각은 흐려졌다. 세포들이 한 겹씩 기억을 벗었다. 해수의 미소, 지구의 빛과 향, 둘만의 보금자리. 그것들은 아련한 색으로 흔들릴 뿐 체감되지 못했다. 반면 낙원은 매일 새로운 발견과 현상의 보고였다. 이를 소화하려면 지구의 기억과 지식을 비워야 했다. 때로 은하는 녹화해 둔 해수의 영상을 틀었다. 푸른 스크린이 켜진 방에 여전히 고래의 노래가 흘렀다. 검은 바다는 의식을 벗어난 것들을 흡수했다. 그건 밤마다 푸르게 에이는 소리와 선명한 그림자를 재생했다. 해수와 입 맞추던 촉감이 가물거렸다. 파란 빛으로 산산이 조각나던 통증만 엄습했다.

영상 속 해수를 보면 지금의 낙원이 얼마나 이질적인지 느껴졌다. 결국 은하는 해수와 관련된 모든 걸 서랍에 넣고 잠갔다.

2년이 지났다. 시스템은 순조롭게 안정성을 갖췄다. 이대로면 지구의 원조 없이도 살아남을 수 있었다. 낙원이 창조한 시스템은 그야말로 신세계였다. 전 주민은 각자 희망하는 역할에 자원해 팀을 이루었다. 각 조직마다 분기별로 돌아가며 대표를 맡고 의결권을 가졌다. 서로가 공생에 필수적이었고 모두에게 자원이 공평하도록 애썼다. 인간의 생존력은 끈질겼다. 극한의 환경에서도 어떻게든 살 길을 찾았다. 본능적 이기심에 굴복했다면 다 함께 절멸할 수도 있었다. 은하는 끊임없이 낙원 지구의 긍정적인 미래를 연설했다. 시스템이 완벽할 때 우리가 얻을 가치, 부와 명예, 칭송과 감사를 설파했다. 그날이 오면 우리의 행복은 얼마나 온전할지 위장했다.

낙원은 지구보다 훌륭했다. 이게 증명될 때 사실을 고백하면 다들 이해할 것이다. 은하는 진심으로 그렇게 믿었다. 사람들은 은하를 헌신적인 지도자로 여기며 따랐다.

그러니 지구의 관성을 벗어나지 못하는 이도 있었다.

느지막한 저녁이었다. 퇴근을 준비하는데 누군가 은하의

사무실 문을 두드렸다. 하이드로-세슘 재고를 관리하는 담당자였다. 그는 가벼운 저녁거리와 음료를 들고 방문했다. 평소 조용한 성격이었지만 유난히 표정이 어둡고 어깨가 처져 보였다. 은하는 그를 안으로 들였다. 작은 테이블에 음식들을 내려놓은 그는 은하에게 면담을 청했다.

"1년만 더 참으면 된다는 걸 알지만, 지구가 너무 그립습니다."

"그건 여기 있는 모두가 그렇다는 걸 알잖나. 자네만 나약해지면 안 돼."

"압니다. 하지만 요즘 부쩍 돔 바깥의 황량한 풍경……저걸 견디기가 힘드네요."

은하는 고개를 들어 창밖을 보았다. 낙원의 다채로운 풍경과 대조적으로 돔 바깥은 흑색 땅과 바다로 가득했다. 죽은 자의 꺼진 동공보다 먹먹한 광경은 을씨년스러웠다. 하지만 은하는 애써 그걸 무시했다.

"자네가 요즘 몸이 허약해 마음까지 그런 모양이야. 잠은 잘 자나?"

"사실 그것도 어렵습니다. 6시까지 뒤척이다 밤을 새고 출근하기 일쑤라……."

"무슨 걱정이라도 있나? 필요하다면 휴가를 줄 테

니……."

"아닙니다. 그보단 사실 이맘때 즈음이면 기분이 울적합니다. 여긴 낮에도 밤에도 온통 푸르스름한 빛깔이라 음산하고, 마치 깊은 바다 속에 잠긴 것만 같아 힘드네요. 누이가 한 명 있는데, 해군이었습니다. 부쩍 그 애가 살던 세계는 이랬겠구나, 끝없는 망망대해에서 한없이 버텼구나……하는 생각이 듭니다."

은하는 얼른 그의 기록을 뒤적였다. 형제 이야기는 처음 들었다. 자료를 살피니 그곳에 미처 보지 못했던 이름 석 자가 있었다. 그의 동생이었다. 은하는 아차 싶었다. 부모의 이름으로는 서신을 보냈지만 동생을 대신하는 건 잊었다. 다음 소식에 동생을 발신자로 넣을 것을 메모하며 은하는 그의 어깨를 두드렸다.

"대업이 코앞인데, 잊을 건 잊어야지. 한때 지나가는 감정이라 생각해. 그래야 사는 것도 있는 법이야."

"그렇겠지요. 그런데 참…… 마음대로 안 되네요."

"알아. 그렇지만 성공이 목전이라 흔들리는 거야. 우리가 이룬 낙원을 보게. 과거보다 좋은 세상이 여기 있는데, 지난 것에 매일 필요 없어. 눈 딱 감고 잠시 잊어. 누가 대신 망각할 수도 없잖나. 자네만 잊으면 모든 게 편해질 거야."

대원은 은하를 바라보다 눈물이 고인 채로 고개를 떨구었다. 가슴이 아팠지만 은하는 계속 설득했다. 과거를 돌아보지 말게, 지금만 생각하게, 스스로를 고문할 필요 없어, 잊어버리고 다시 시작해…… 그건 자신에게 하는 말이기도 했다. 대원은 수척한 얼굴로 대답했다.

"이게 다 제가 나약한 탓이겠지요."

방을 나간 대원은 그 후로 은하에게 면담을 청하지 않았다. 그래서 은하는 그가 괜찮은 줄로만 알았다. 아직 처리할 일들이 수두룩하고 지구와의 통신도 해결되지 않았다. 설상가상으로 급박하게 진행했던 수로 공사에 결함이 생겨 복구에 진을 뺐다. 약속한 시일은 다가왔다. 대원들에게 어떤 방식으로 진실을 설명할지 고민도 날로 커졌다.

은하 또한 불면증이 생겼다. 아침마다 푸르스름한 해가 드는 걸 보고서야 잠깐 눈을 붙이는 날도 있었다. 날마다 뱃속에 벼랑이 깎였다. 두려웠다. 침대에 누워 숨이 멎길 바랐다. 허파와 심장의 움직임은 불수의적이었다. 자신이 어쩔 수 있는 건 아니었다. 은하는 돔 바깥에서 들리는 검은 바다 소리에 귀 기울였다. 지구와 달리 이곳은 조용히 흐를 뿐 새들의 날갯짓이나 울음소리는 없었다. 멀리 떠도는 파란 반점이 보였다. 은하는 그걸 투구게들이 흘리는 피로 생각했다. 그 불빛이 하이드로-세슘 엔진과 우주선을 관리하는 시설에서 흘러나오고 있었다. 그걸 깨달은 은하는 벌떡 일어났다. 다들 잠든 시간을 노려 누군가 시설에 침입했다. 은하는 외투와 손전등을 챙겨 한달음에 뛰쳐나갔다.

차고가 열려 있었다. 대원들이 탔던 우주선을 보관하는 장소였다. 행성의 바다와 돔 경계 사이 설치된 건물 뒤로 검은 파도가 물결쳤다. 지구와 통신이 끊긴 지 오래라 사용할 일은 없었다. 부품이 고장나지 않도록 주기적인 관리를 하는 정도였다. 이 시간대에 문이 열릴 이유는 더더욱 없었다. 은하는 손전등을 비추며 안으로 들어갔다. 조종 칸에서 인기척이 들렸다. 은하는 부러 큰 소리를 내며 문을 열었다.

"죄송합니다. 저는 가야 합니다."

그곳엔 막 시스템을 작동시킨 채 하이드로-세슘 주사기를 든 대원이 있었다. 은하에게 면담을 신청했던 이였다. 모니터의 빛이 그 얼굴을 비추었다. 눈꺼풀이 파이고 볼이 해쓱하여 창백한 해골처럼 보였다. 은하는 그를 진정시키려 손전등 불을 낮추었다. 주사기를 든 그의 손이 격렬하게 떨렸다. 은하는 천천히 손바닥을 내보이며 다가갔다.

"진정해. 아닌 밤중에 이게 대체 무슨 짓인가."

"제발, 제발 보내 주십시오. 지구로 돌아가야 합니다."

"혼자서 우주선을 움직일 순 없어. 정 힘들다면 같이 방법을 찾아야지, 이게 무슨 무모한 행동이야. 이유가 뭔지 천천히 말해 보게. 절대 비난하거나 하진 않을 테니까."

회백색 눈이 떠돌았다. 그의 안구가 잘 보이지 않았다. 그는 더듬더듬 말을 찾았다. 주사기 끝이 비틀거렸다. 그건 방향 감각을 잃은 와이퍼처럼 피부에 닿았다 떨어졌다. 은하는 대원이 자신을 보는지 확신이 들지 않았다. 그는 목소리가 나오지 않는 입술을 벌렸다. 빈 목구멍이 드러났다. 목을 죄는 울음 때문에 말소리는 뭉개어졌다. 그는 주머니 속에서 종이 한 장을 꺼냈다. 순간, 손금이 깨진 것처럼 따끔거렸다. 찾으러 가야 합니다, 찾아야 합니다. 그는 이 말을 반복하며 은하에게 종이를 내밀었다. 뭘 찾겠다는 거야, 은하는 질문하며 앞으로 걸었다. 고막에 파도가 사정없이 부딪혔다. 그게 뒷골을 자꾸만 뒤쪽으로 당겼다. 사시나무 떨듯 몸을 떠는 대원이 은하 쪽으로 다가왔다. 은하도 발을 움직였지만 파도의 관성이 끊임없이 어깨를 바깥으로 밀었다.

그의 손끝과 은하의 손바닥이 스쳤다. 종이를 펼치자 손목뼈가 시큰거렸다. 자신이 쓴 글이 그곳에 있었다. 단 세 줄로 꾸며진 문장이었다.

괜찮아,

나 잘 살고 있으니 걱정 마,

기다릴게. 잘 하고 돌아와.

"누이요. 제 누이를 찾아야 합니다. 그 애가…… 지구 어딘가 아직 살아 있을지도 몰라요."

그는 자초지종을 털어놓았다. 하이드로-세슘 잠수정 사고였다. 그곳에 그의 동생이 탑승했다. 잊었던 이름이 다시 불리자 은하는 눈앞이 캄캄했다. 동생은 그날 잠수정에 탑승했다가 실종되었다. 그는 유족들을 위해 마련된 특례 전형으로 프로젝트에 지원했다. 동생의 몫을 잇는 마음으로 살았다. 하이드로-세슘의 푸른 빛을 어떻게 견뎌야 하는지 알고 싶었다. 그게 앗아간 영혼들은 어디로 가는지 궁금했다. 그래서 낙원까지 왔다. 하이드로-세슘은 이질적인 원소였다. 직면하면 할수록 날 것이 되었다. 그는 연구의 끝이 다가올수록 지구로 돌아가고 싶었다. 동생의 시체를 보지 못했다. 하이드로-세슘은 반짝이는 푸른 파편 외에 무엇도 남기지 않았다. 동생을 기억할 만한 건 전부 소멸했다. 그런데 몇 년 만에 동생의 이름으로 편지가 왔다. 수천 번 기도했던 소원이 실현되었다. 동생은 우연히 잠수정에서 튕겨

나와 어느 파편 속에 숨어 표류하다가, 우연히 지나던 외국 배에 구조되어 오랜 날 헤맨 후 기적적으로 가족들 품에 돌아왔을지도 몰랐다.

은하의 심정은 참담했다. 증언까지 했지만 사고의 책임 소재가 밝혀지는 걸 보지 못하고 낙원으로 왔다. 은하가 가진 목록에 그의 동생이 고인이라는 표시는 어디에도 없었다. 하지만 그가 버젓이 들려주는 이야기 앞에서 은하는 벌거벗은 듯 부끄러웠다. 파랗게 부서지던 파편과, 비명도 들을 수 없던 바다. 그게 은하의 허파에서 솟구쳐 핏줄이 덫인 양 오장육부를 죄었다. 갑자기 지구의 중력이 찾아왔다. 은하는 대원 앞에 무릎을 꿇었다. 서신에 적힌 세 줄은 어마어마한 무게로 은하를 짓눌렀다. 손금이 견디지 못할 정도였다. 은하는 빈 바닥을 헤집었다. 지문의 잔해를 찾고 싶었다. 그러나 아무것도 남아 있지 않았다. 대원의 눈은 끝없이 깊었다. 잊을, 수는, 없겠지. 은하는 묻지 못했다. 상실의 흔적은 희미하게 변할 뿐 사라지는 건 불가능했다. 잊으려 애쓸수록 질량은 커졌다. 자신은 거짓으로 공백을 메꾸려 했다.

"그 애를 만나야 합니다……."

간절한 그의 목소리 앞에서 은하는 석고대죄 했다. 내측

뼈 밖으로 진공이 흘러넘쳤다. 은하는 진실을 털어놓았다. 지구로부터의 위험 신호, 두절된 통신, 은하만 알아야 한다던 지시, 대원들의 동요가 두려웠던 마음. 어쩔 수 없었다 변명하던 은하는 황급히 이를 깨물었다. 그 말이 얼마나 모질고 비겁한 변명인지 알았다. 그는 조용히 은하의 말을 경청했다. 은하는 계속 고개를 들지 못했다. 그러느라 고백을 마주한 그의 얼굴빛이 얼마나 바래는지 볼 수 없었다. 이제는 가지 못할 지구가 있는 방향으로 눈동자가 향하는 것도, 핏기 가신 입술이 푸른색을 넘어 새하얘지는 것도 보지 못했다. 그는 은하가 쥔 종이를 돌려받았다. 바닥의 냉기가 만연했다. 은하는 이마가 얼얼했다. 그러나 별의 중력은 터무니없이 강했다. 결국 그가 되찾은 서신 위를 여러 번, 아주 여러 번 쓰다듬는 것도 알지 못했다.

"이곳까지 와 놓고선, 참 바보 같지요."

"그런 말 하지 말게, 제발."

"사망 신고를 하지 않았어요. 그럼 그 애가 돌아올까 봐. 언젠가 돌아올까 봐. 그게 꼭 오늘인 줄 알았는데……. 낙원까지 왔지만, 전 아직도 그 애가 보고 싶어요……."

은하는 끝까지 고개를 들지 않았다. 그가 자신을 지나 해치를 열고 바깥으로 나가는 것도 몰랐다. 소독약 냄새가

풍겼다. 그게 파도 소리와 섞였다는 걸 감지하고서야 은하
는 일어섰다. 바닷가로 연결된 돔 해치가 열려 있었다. 한
사람의 흔적이 검은 땅에 남았다. 어두운 물보라가 치솟았
다. 은하는 황급히 그걸 쫓아 뛰었다.

그는 스스로의 질량을 없앨 준비를 몇 번이나 했던 모양
이었다. 품에 푸른 용액을 채운 관이 여러 개 보였다. 그는
그걸 능숙하게 안은 채로 바다를 향해 걸었다. 그 앞에 검
은 입이 벌어졌다. 은하는 도리질을 했다. 악을 썼지만 전달
되지 않았다. 그는 희미하게 흔들리기만 할 뿐, 어떤 저항도
없이 물의 관성 속으로 끌려 들어갔다. 이상 파랑은 기이한
압력을 만들었다. 파도가 그의 몸통을 내리쳤다. 차례차례
머리를 정리하고, 손톱을 다듬고, 옷매무새를 만진 그는 하
이드로-세슘을 안은 채 바다 위로 누웠다. 천천히 기울어
진 그의 몸은 새파란 빛으로 부풀었다.

눈이 멀 만큼 새하얀, 순백의 빛이 시야를 뒤덮었다.

❋

은하는 병상에서 정신을 차렸다. 온몸에 성한 곳이 없었
다. 전신을 찌르는 통증에 신음하자 사람들이 달려왔다. 그

들은 은하가 기억을 잃은 후의 소식을 알렸다. 하이드로-
세슘은 바다에서 폭발했다. 우주선과 관제탑이 전부 파괴
되었다. 사람들은 망연자실한 은하를 위로했다. 은하는 대
원의 행방을 물었다. 침통한 낯빛의 동료들이 그는 이전부
터 우울증에 시달렸다고 답했다. 그 탓이니 자책하지 말라
위로했다. 그들은 감색 상자를 내밀었다. 반짝이는 조각들
이 들어 있었다. 죽은 대원의 잔해였다.

은하는 입을 굳게 다물었다. 찢어진 살과 골절된 뼈가 붙
기까진 시간이 필요했다. 문병을 온 사람들은 은하를 안심
시키고자 애썼다. 다들 복구를 위해 노력하며 설비도 금방
재건할 테니 마음 놓고 안정을 취하라 다독였다. 은하는 대
답하지 않았다. 결과를 알기 때문이었다. 통신이 연결되더
라도 지구로부터는 연락이 오지 않을 것이다.

누군가의 몸을 뜯으며 운 적 있었다. 그것조차 불가능한
시간들이 왔다. 이전으로는 돌아갈 수 없었다. 영원히, 무한
한 시간이 흘러도 그날은 오지 않는다. 침대에 누워 소독약
풍기는 살이 아물기를 기다리던 은하는 대원의 마지막을
회상했다. 물이 다시 먹히지 않았다. 찬물도 더운물도 삼킬
수 없었다. 검은 바다 주변의 구멍 뚫린 놀늘이 꿈에 나왔
다. 누구도 공백을 위해 대신 울 수 없었다.

관제탑이 수리를 마쳤다. 하지만 지구로 돌아갈 순 없었다. 어떤 통신도 수신되지 않았기 때문이었다. 우주선을 다시 출발시키려면 추가 부품이 필요했다. 그건 지구에서만 구할 수 있었다. 연락이 닿지 않는 한 조달은 불가능했다. 기계를 점검해도 답은 없었다. 사람들은 절망했다. 은하는 침묵했다.

시일이 지났는데 구조대조차 보내지 않는 지구에 격분하는 사람들이 생겼다. 푸른 해가 삐뚜름한 저녁, 은하는 사람들이 적어도 바깥에 화를 내니 다행이란 생각을 했다.

어쨌든 낙원이라는 터전은 존재했으므로 사람들은 생활을 이어갔다.

은하는 노인이 되었다.

낙원의 삶이 길어지는 데에 사람들은 나름대로 적응하기 시작했다. 새로운 문화와 법을 만들었다. 낙원의 생태계는 많은 것을 바꾸었다. 이곳에선 생사윤회도 다른 방식으로 작동했다. 낙원은 독특한 방식으로 죽음을 처리했다. 알칼리 성분이 풍부한 대기가 죽은 생물과 상호작용해 수분(水粉)화를 일으켰다. 사체가 분해되면 푸르고 투명한 입자가 남았다. 그것들은 생명의 기원이 물이었음을 증명하듯 다시 땅과 바다로 스몄다. 이 별에 하이드로-세슘이 풍부한 이유였다.

한 대원의 죽음을 예습 삼아 새 장례 문화가 탄생했다. 인체의 성분과 하이드로-세슘, 바다, 그리고 압력이 만나면 고밀도의 거울처럼 변했다.

사람들은 '압력기'라는 원통을 돔 바깥 해안에 설치했다. 하이드로-세슘을 소량 주입한 시체를 넣고 물을 채워 압력을 가동하면 죽은 자의 살점이 녹았다. 사자들은 공간을 차지하지도, 불필요한 이산화탄소를 배출하지도 않았다. 압축된 뼈만 매끄럽고 반짝이는 거울 조각이 되었다.

이걸 명경(明鏡) 물질이라 불렀다.

그리움이 많은 인간일수록 선명한 거울로 변했다.

인공 산소와 만나면 파랗게 산화하는 바람에 명경 물질은 낙원으로 반입되지 못했다. 대신 사람들은 돔 바깥에 거울 무덤을 쌓아 비문을 새겼다. 망자들은 산소가 희박한 바깥 부지에서 우기의 흰 소금사막 같은 빛깔로 돔 내부를 비추었다. 때로 경계에서 사랑하는 이의 신기루가 나타났다. 첫 사망자를 거울 더미에 묻던 영결식 날, 은하는 애도가가 흐르는 사이로 추도문을 낭독했다.

"우리는 이 별이 우리의 무덤이 되도록 놔두지 않을 것입니다."

❉

50년이 흘렀다.

낙원 지구 대원들은 전원 생존했다. 지구로의 귀환은 여전히 불가능했으나 인근 행성을 탐사할 기술을 자체 개발했다. 인구와 영토는 증가했고 할 일이 넘쳤다.

한 명이라도 상처 입는 일 없도록 애를 썼다. 은하는 입버릇처럼 주변에 말했다.

"정치는 태생적으로 비천하고 탐욕스러우며 폭력적입니다. 우리도 본래 정치적인 존재였습니다. 그렇기에 인간의 목적은 야만을 넘어 거룩한 정치를 세우는 데 있습니다."

은하는 아버지의 일화를 자주 언급했다.

"그는 순진한 바보였을까요? 아니면 돈에 눈이 멀어 목숨까지 던지는 욕심쟁이였을까요? 저는 그의 삶을 정치로 매도하는 이들이 미웠습니다. 하지만 지금은 아닙니다. 그는 정치가 어디로 가야 하는지를 알려 준, 누구보다도 정치적인 존재였습니다. 여러분, 정치는 그렇게 하는 겁니다. 이해관계를 조정해 사리사욕을 채우는 건 정치가 아닙니다. 그건 동물의 신경세포가 조장하는 본능에 불과합니다. 그 정치의 목표는 계속 처먹는 것이지요. 그러나 먹는 양을 조금

줄이더라도 서로의 마른 입에 한 숟갈을 넣는 것, 더 많은
사람들이 함께 살 방향을 고심하는 것, 그게 인간의 정치입
니다."

　향수에 시달리는 사람들은 푸른 천을 덧씌운 공간으로
들어갔다. 그곳에서 자신이 보관하고 싶은 기억들을 털어놓
았다. 그리움을 기록하는 시간에는 항상 지구가 곁에 있었
다. 사람들은 주로 아름다운 추억들(유년 시절 만지던 풀과 꽃,
모래탑을 쌓으며 자연에 눈떴던 순간, 끼니마다 나왔던 반찬의 종류,
생애 첫 번째 기쁨과 두 번째 슬픔, 초원과 산기슭의 동물들, 바람의
향과 동이 트는 하늘, 노을의 빛깔은 얼마나 다채로운지, 첫사랑과의
만남, 다투다가 운 날 다른 한 명은 어떤 과자를 가져와 달랬는지, 프
로포즈를 하다 우스꽝스러운 실수를 했던 일과 그럼에도 고백한 순
간 마주했던 상대의 눈물, 첫 월급으로 무슨 선물을 샀는지, 그 시절
함께 좋아했던 영화, 소설과 음악, 후회 없이 전했던 말, 첫 아이의 울
음에 자신도 통곡한 날, 밤 산책을 하다 슬며시 쥔 손의 감촉……)
그리고 회한과 아쉬움의 기억(미안하다고 할걸, 곁에 있고 싶었
다고 할걸, 좋아했다고 할걸, 겁이 많았다고 할걸, 두려웠다고 할걸,
아팠다고 할걸, 화내고 원망할걸, 보고 싶다고 할걸, 감사하다고 할걸,
부음을 듣고도 갈 수 없어 외로웠다고 할걸, 당신이 있어 삶이 얼마
나 빛났는지 말할걸, 욕심부리지 말걸, 함께하자고 할걸, 끝까지 응원

할걸, 잃지 말걸, 떠나지 말걸, 진심으로 안을걸, 용서할걸, 용서를 빌걸, 사랑한다고 할걸……)들이 채워졌다. 지구가 기억나는 대로 그림과 글을 남겼으나 어느 것도 원본일 순 없었다. 다만 우주에서는 새로운 것들이 멈추지 않고 태어났다. 공백을 지우진 못했으나 작게 느껴질 만큼 주변을 메울 수는 있었다.

은하의 손과 눈가, 목덜미에도 깊은 주름이 패었다. 머리에 희끗거리는 가닥이 늘고 검버섯이 피었다. 멀리 응시할 수 있었지만 가까이 보기는 어려웠다. 숨과 맥박이 느려 하나를 완수하는 데에도 시간이 걸렸다. 기압과 중력은 몸과 깊이 관계를 맺었다. 스스로를 유지하려면 속도를 늦추어야 했다. 곧 은퇴 시기가 가까웠다. 그동안 수많은 일을 마쳤고 쉴 새 없이 행성을 돌보았다. 뒤로 물러나더라도 자리를 이을 세대가 있었다. 제도와 법은 안정적으로 굴러갔다. 최선을 다해 살았고 객관적으로도 훌륭한 삶이었다. 은하는 결혼만은 거부하였으며 대신에 기억 보관소를 자주 찾았다. 푸른 지평선을 바라보면 존재에 대한 질문이 늘었다. 하루하루 소실되는 유기체의 기능을 실감했다. 자아의 이면이 스멀스멀 눈을 떴다. 은하는 그걸 정면으로 마주할 시기임을 직감했다. 그러나 누구도 방법을 알려 주지 않았다.

오직 스스로 헤매야 했다. 원치 않아도 새벽에 깨는 날이 늘었다. 은하는 무리한 탓이라고 생각했다. 신경을 이완하고 휴식하는 시간이 필요했다.

주말이면 낙원 지구의 50주년 기념식이었다. 은하는 그날 퇴임 발표를 겸하기로 했다. 그는 별의 미래에 바칠 헌사를 고민하며 산책을 나갔다. 수심 깊은 바다처럼 어두운 하늘이 보였다. 검은 흙으로부터 화합물 냄새가 풍겼다. 직원 몇과 그들이 낳은 아이들이 밝은 얼굴로 인사하며 지나갔다. 하나둘 켜지는 별빛과 구름의 굴곡은 동굴 벽에 새겨진 주름 같았다. 평화로운 밤이었다. 은하는 숨을 깊게 들이마셨다.

그때, 갑자기 천체를 흔드는 광대한 소리가 울렸다. 거대한 뱃고동 또는 신들의 장례식을 이끄는 상주의 통곡 같았다. 아득한 심연에서 피어 암석 틈을 휘저을 듯 울렸다. 정확히 3초간 울린 소리는 잠잠해지더니 10초 간격으로 세 번 반복되었다. 높은 비명처럼 솟았다가, 대금의 낮은 음처럼 깔렸다가, 웅덩이에 쏟아지는 장맛비처럼 세상을 두들겼다. 이 비상한 음은 그야말로 땅으로 곤두박질치며 지면을 흔들었다. 천둥이나 벼락, 바람이나 운석의 소리도 아니었다. 은하가 아는 어떤 자연의 소리와도 달랐다.

어마어마한 하늘의 울음은 매일 같은 시간 반복되었다.

정체 모를 이상 현상을 두고 은하는 수심에 잠겼다. 소리가 들리면 사람들은 가던 길도 멈추었다. 음이 울리는 동안은 꼼짝할 수 없었다. 소리가 그쳐야 발을 떼었다. 이상한 음파는 세포 하나하나를 흔들고 깨우며 발목을 잡았다. 울음이 들리면 숨고 싶었고, 반대로 몸을 던지고도 싶었다. 하늘이 울리면 기력이 쇠하던 은하의 심장도 갓 잡은 생선처럼 퍼덕였다. 파동에 몸을 맡기는 상상을 떠올린 순간 은하는 저도 모르게 눈물을 떨구었다. 아가미가 있다면 틈새가 한 꺼풀씩 벌어지는 듯했다.

음울하고 우아한 허밍이 들릴 때마다 정하지 못한 자신의 묘비명이 떠올랐다.

낙원 지구에서 생을 마감하리라 여긴 후 은하는 무덤의 형태를 구상하는 버릇이 생겼다.

일반적인 시체의 부패 과정과 달리 명경 물질로의 전이는 아름다웠다. 은하는 언젠가 거울이 될 자신의 육체와 삶을 생각했다. 제 존재는 죽음 후에도 반사경이 돼 타인들을 비출 예정이었다. 그날이 오면 후회 없는 삶이라 회고하며 감상에 젖고 싶었다.

그러나 아무리 해도 자신의 비문이 떠오르지 않았다. 어떤 말로 삶을 요약하여 끝맺을지 알 수 없었다. 마지막을 결정하는 일은 고달팠다. 미결된 무엇인가가 끊임없이 방해했다. 삶의 최종 장을 원하는 방식으로 닫는 건 위대한 권한이었다. 하지만 은하는 부족함을 느꼈다.

다시 거대한 울음이 들렸다. 일반적인 우주 소음보다 서른 배는 큰 소리였다. 매질이 없는 우주에서 어떻게 이런 일이 발생하는지 의문이었다. 처음엔 별 내에서 들리는 소리일 가능성을 조사했으나 아닌 걸로 밝혀졌다. 음파는 낙원의 먼 바깥에서 들렸다. 은하는 소리를 녹음해 분석을 지시했다. 시간대 별로 자료를 넣었다. 음향 스펙트럼의 굴곡이 모니터에 나타났다. 파형을 회전시키고 병합하던 은하는 한순간 얼어붙었다. 놀라운 광경이 펼쳐졌다. 은하는 재생 버튼을 연속으로 눌렀다. 재차 확인해도 마찬가지였다. 은하는 주파수가 그리는 모양을 넋을 잃고 바라보았다.

그건 지느러미에 끈을 매단 고래 모양이었다.

디스플레이 장치의 빛이 거들자 더욱 새파랗게 빛났다.

헛된 기대가 환상을 보여 주는 걸까? 하지만 은하에겐 분명 꼬리를 움직이는 고래 형상이 보였다. 지구의 파란 바다와 해수, 아버지의 장례식, 잠수사의 기억들이 물밀듯이 몰려왔다. 은하는 황급히 옷을 챙겨 집으로 향했다. 신을 엉망으로 현관에 벗고 낡은 서랍을 뒤졌다. 뼈가 불거진 손으로 색 바랜 전자 칩 하나를 찾았다. 녹슬어 부식 직전인 칩은 예전 해수와의 통신을 녹화한 것이었다. 기록이 건재하길 빌며 은하는 그걸 통신기에 꽂았다. 오류 메시지가 떴다. 파일은 열리지 않았다. 은하는 간절한 마음으로 기도했다. 그 애의 마른 손목, 떠나지 말라 붙잡던 목소리, 창틀을 뛰어넘으려던 상처 입은 발과, 바닷물 냄새 풍기던 포옹이 기억났다. 그 감각은 몇십 년이 지나도 생생했다.

다섯 번 더 시도한 끝에 기계는 가까스로 인식을 성공했다. 재생 버튼이 나타났다. 은하는 떨리는 손으로 그걸 눌렀다. 흔들리는 화면 속 젊은 시절의 해수가 나타났다. 서른 중반 즈음인 그는 가운을 벗어 의자에 걸었다. 그리운 모습을 마주하자 은하의 목구멍이 칼칼했다. 몇십 년 만에 보는 모습이었다. 입천장이 바싹 말랐다. 콧노래를 흥얼거리며 자리를 정리하는 해수의 연구실 구석에 푸른 스크린이 보였다. 틀어 놓은 파일의 타이틀은 '귀신고래의 노래'였다. 가슴 저리도록 듣고 싶던 해수의 목소리가 울렸다.

"오랜 시간 고요하던 고래가 갑자기 온종일 노래를 불렀어. 더 신기한 건, 지구 반대편 고래들도 반응했다는 거야. 고래들은 이 곡을 다 함께 합창했어. 정말 신비하지. 노래는 먼 물길까지 자유롭게 돌아다니나 봐. 지구를 휩쓰는 노래라니, 대체 어떤 내용일까? 왜 긴 시간 침묵하다 이리 아름다운 노래를 부르는 걸까?"

은하는 볼륨을 키웠다. 방 전체에 귀신고래의 노랫소리가 퍼졌다. 깊고도 아득한, 제야의 종처럼 그윽하고 맑은 파동이었다. 공간을 가득 메운 운율에 은하는 양손을 부여잡으며 무릎을 꿇었다.

주름진 손가락 사이로 걷잡을 수 없는 눈물이 흘렀다.

낙원을 흔들던 장엄한 선율은 바로 귀신고래의 울음이었다.

5

50주년 기념식과 은퇴 발표를 겸하기로 한 날, 은하는 대중 앞에 나타나지 않았다.

처음엔 단순한 심경 변화로 치부했던 사람들도 시간이 지날수록 심상치 않은 상황을 깨달았다. 주민들은 수색대를 파견해 돔 내부를 살폈다. 은하의 흔적은 없었다. 그의 집은 무채색 가구 몇 개, 조촐한 옷가지와 이 빠진 그릇, 서류 더미가 전부였다. 잠기지 않은 문 사이로 텅 빈 방이 보였다. 그의 삶 대부분은 별을 일구는 데 쓰인 모양이었다. 책장은 낙원 지구에 관한 자료들로 빼곡했다. 그 외엔 무엇도 없었다. 별의 본래 환경은 지옥에 가까웠지만 은하의 손길이 닿은 돔 내부만은 유토피아였다. 사람들은 그가 생의 주권자가 되어야 한다던 말을 몸소 실천했다고 생각했다. 검소한 방엔 구식 열쇠가 꽂힌 낡은 서랍이 있었다. 방처럼 아무것도 없었다. 무엇이 들었을지 누구도 짐작하지 못했다.

돔 바깥을 탐색하던 사람들은 명경 물질 무덤의 양이 감소한 걸 발견했다. 뼈 한 조각을 제외한 나머지가 사라졌다.

바닥에 새겼던 추모문만 풍화되는 중이었다. 탐사대는 이걸 별개로 보고했다. 그러나 여전히 은하의 거취는 찾지 못했다.

이웃이 은하가 인근 별에 종종 드나들었음을 기억했다. 은퇴 시기엔 누구든 변화를 겪기 마련이라 대수롭지 않게 여겼다. 퇴직 후 마음 쏟을 곳이 있으면 집에 틀어박히는 것보다 나았다. 은하는 이른 아침 꾸준히 외출했다. 하늘에 울리는 소리를 감상하며 해안가를 걷는 그를 쉽게 발견할 수 있었다. 골똘히 생각에 잠긴 모습에선 평화로움마저 풍겼다. 그래서 사람들은 그가 이런 식으로 사라질 줄 예상하지 못했다. 대원들은 은하가 방문했다는 행성을 수소문했다. 몇 차례 거듭한 수색에도 차도는 없었다. 결국 사람들은 은하를 실종자 명단에 올린 후 일상으로 복귀했다.

봄이 왔다. 하늘에서 주기적으로 울리던 소리는 사라졌다. 대신 신생 퀘이사 하나가 관측되었다. 블랙홀이 빠르고 맹렬히 물질을 삼킬수록 퀘이사의 광원은 찬란했다. 빛의 거리를 가늠하자 한때 지구가 있던 태양계 근처임이 밝혀졌다. 퀘이사는 모든 전자기파 대역을 통틀어 강한 에너지를 발산했다. 사람들은 이걸 낙원 지구를 흔들던 소리의 정체로 추측했다. 사람 귀에 들릴 정도의 소음이었으니 무궁한 크기의 퀘이사일 터였다.

한편 오미크론 별*로 탐사를 갔던 대원들이 놀라운 발견을 했다. 맥동 변광성으로 유명한 이 별은 빈번한 광도 변화와 반복적으로 무너지는 질량 때문에 매우 불안정했다. 그런데 이곳에서 엄청난 크기의 망원 렌즈가 발견되었다. 특수하게 설계된 망원경은 일개 개인이 제작하기엔 불가능한 지름이었다. 외계 문명의 존재 가능성이 제기되며 낙원 지구 전체가 떠들썩했다. 며칠 후, 거대 망원경의 초점은 1세대 지구인들이 떠났던 태양계를 향한다는 게 밝혀졌다. 빛이 전달하는 속도에 한계가 있었으므로 렌즈엔 수십 년 전 지구 모습이 비쳤다. 지구를 기억하는 이들은 남다른 감회에 겨워 망원경을 들여다보았다. 그러나 장내는 곧 숙연했다.

인공적인 빛깔의 지구가 있었다. 사람들이 추억하던 하늘과 바다의 청명함은 존재하지 않았다. 레이저 필름으로 구현한 듯 창백한 지구의 모습은 뼈만 남은 것 같았다. 스산한 외형을 마주한 몇은 흐느낌을 참지 못했다. 그건 그들이 살던 별이 아닌 과거의 혼령처럼 보였다.

데이터가 담긴 칩들이 망원경 주변에서 발견되었다. 일부

---

* 밝기가 크게 변하는 변광성들 중 가장 밝은 별. 밝을 때는 2.0등급, 어두워질 때는 4.9등급까지 변한다.

는 복구가 불가능할 정도로 손상되었다. 그나마 내구성이 온전한 것들을 골라 일부를 추출했다. 그건 다름 아닌 몇 년 전 종적을 감춘 은하가 남긴 기록이었다. 그는 이곳의 시설들을 구축하고 지구의 과거를 관찰했다. 은하는 이미 별 어디에도 없었다. 하지만 망원경을 명경 물질로 만들었다는 사실과 지구에서 목격한 내용들을 기록으로 남겼다. 그 내용은 다음과 같았다.

○○월 ○○일

지구가 보인다. 우리의 뼈가 지구를 비춘다. 육체가 소멸해도 남은 이들은 과거를 본다. 명경 물질이 증거이다. 이토록 아름다운 거울 덕에 지구의 푸른 바다를 다시 만났다. 넘실거리는 파도가 새삼스레 경이롭다. 저리도 푸른 빛이었구나. 우리의 지구는 푸르렀구나. 낙원에 사는 동안 검고 텅 빈 바다에 익숙했다. 이게 내가 아는 바다였다. 본래의 바다가 차츰…… 잠재 기억 속을 파고든다.

○○월 ○○일

지구에서 일어난 일을 지켜보겠다. 가능한 끝까지.

해수를 찾았다. 늘 생각했던 모습의 해수다. 그 애를 자세히 보고 싶어 배율을 높였다. 손목에 감긴 푸른 끈에 조금 눈물이 났다. 나의 팔은 많이 낡았다. 그 애의 팔은 젊다. 파란 천으로 죄여 있긴 하지만.

○○월 ○○일

사람들이 고열로 쓰러졌다. 해수는 연구소를 떠나지 못했다. 전염병의 전파 속도가 빠르다. 해수는 바이러스를 분석하는 팀에 불려갔다. 매일 철야 근무다. 환자들은 끊임없이 몰려오고, 연구진은 부족하다. 아비규환이다.

○○월 ○○일

해수는 일주일째 집으로 돌아가지 못했다. 소파에서 눈을 붙였다 일어나면 바로 몸을 소독하고 각종 회의와 실험실에 불려 다닌다. 생태계를 잘 아는 전문가들이 부족했다. 바다를 엄습한 오염이 변종 바이러스를 만들었다. 정부는 불필요하다는 이유로 해양 연구 예산을 삭감했었다. 그러나 지금은 온갖 기자와 공무원들, 질병 관리 담당자와 높으신 분들이 해수를 주목했다. 해수는 사람들 앞에서 스크린을 띄우고 자료를 발표했다. 고래의 사진과 부위 별 명칭, DNA 서열 등에 대한 설명이 적혀 있었다. 바이러스 숙주에 대해 밝히는 해수는 매우 지쳐 보였다.

발표를 들은 사람들이 안건을 내는데, 누군가가 갑자기 고함을 지르며 반대했다. 그러더니 멱살을 잡고 싸움을 시작했다. 이 장면을 바라보던 해수는 그저 피곤한 안색으로 차트를 덮었다. 그 애의 얼굴에선 조소조차 보이지 않았다. 소란이 잦아들 때 즈음 가운을 챙겨 실험실로 돌아갔을 뿐이었다. 해수가 수당을 더 받는 건 아니었다. 그러나 그 애는 묵묵히 데이터가 표시된 모니터를 바라보며 일했다.

렌즈의 위치를 조절하자 고래 시체 수십 톤이 든 창고가 보였다. 폐쇄된 정문 주변에 접근 금지선이 둘러졌다. 바이러스 숙주가 고래일 가능성이 제시되었다. 한국에서 포경은 불법일 텐데. 저렇게 많은 고래 고기가 어디에서 났을까. 압수된 육류는 전량 폐기가 원칙이었다. 어차피 들키면 소각할 걸 저리도 많이 잡다니. 죽은 고래들의 지느러미는 늘어져 끝부터 파랗게 썩었다. 그것들은 음산하고 공허했다. 인간이 지은 죄는 인간의 손으로 해결해야 했다, 정부는 수일 내로 고기를 전부 처리할 것이다.

○○월 ○○일
해수는 눈코 뜰 새 없이 일했다. 전 지구에 바이러스가 창궐했다. 몇 주째 쉬지도 못하는 의료진과 연구자들의 건강이 걱정이다. 그들의 손발은 부르트고 바짝 말랐다. 낯빛은 검고 눈만 형형했다.

강한 업무강도를 소화하는 중에 해수는 홀로 밤바다를 배회했다. 그게 그 애의 유일한 휴식이었다. 가끔 해수는 버려진 해안 초소로 들어가 10여 분 간 쉬었다. 바다가 마주 보이는 낡고 기울어진 돌 더미가 해수에겐 차라리 편안해 보였다. 언제나 일정한 시간을 그 속에서 보냈다. 몽유병이 재발한 건 아닐까 염려되었다. 다행히 한 시간 이내로 해수는 돌아왔다.

이상한 장면을 보았다. 유통업자 몇이 트럭에 경육들을 실었다. 경찰이 막았지만 그들의 변호사가 나와 무어라 겁박했다. 그후 고기들을 돌려받았다. 그는 검찰청으로 가 인사를 했다.

○○월 ○○일

부자들은 일반 주택 몇 배 크기의 호화 벙커로 들어갔다. 딱히 위기 의식이 있어서는 아닌지, 여유로운 태도로 술을 마셨다. 그들의 눈앞에 위기가 닥친 건 아니었으니까. 그들은 커다란 스크린으로 영화를 보며 낄낄대다 음악을 틀고 춤을 추었다.

화면 아래 전 세계 감염자 비율이 40%에 임박했다는 속보가 떴다.

○○월 ○○일

한쪽에서 군인들이 쓰러지며 전쟁이 중단되었다. 다른 쪽에선 의약품이 떨어져 이를 얻으려는 테러 단체가 생겼다. 바이러스는 급속도로 사람들을 고꾸라뜨렸다. 감염률은 60퍼센트였다. 열 명 중 여섯은 병에 걸렸다.

해수는 여전히 괴로워 보였다. 그 애는 자주 창틀에 기대 생각에 잠겼다. 그 애 곁으로 가고 싶다. 이런 생각을 하자 해수가 고개를 들어 나를 보았다. 정확히는 하늘을 본 것이겠지만 미래의 나는 과거의 해수와 눈을 마주쳤다고 착각했다. 폐부 깊이 해수가 지났던 시간들을 새기고 싶었다. 그 바람이 일으킨 착각이었다.

○○월 ○○일

기쁜 소식이다. 백신 개발에 진전이 있었다. 곧 실용화될 것이다. 다섯 명 중 한 명이 완치 판정을 받았다. 완벽하진 않아도 희망이 보였다. 해수도 자신의 자리를 지켰다. 응원하는 마음을 시공간 너머로 보냈다.

아버지와 해수 언니의 기일이 지났다. 그 애의 방엔 시든 물망초가 있었다.

○○월 ○○일

고래 고기의 유통 경로를 추적했다. 수상한 광경을 보았다. 그것들의 일부는 경매에 부쳐졌고, 나머지는 부유층의 클럽에 식용으로 올라갔다. 번드르르한 겉과 달리 그곳은 불법으로 가득했다. 약물을 흡입한 이들은 침을 흘렸고 눈깔을 뒤집었다. 자기들끼리 뒤엉켜 고기를 뜯는 모습은 한 덩어리의 구더기 같았다. 그들은 자신의 입속으로 들어가는 고기의 본색을 알까? 아. 어떤 경찰이 접대를 받았다. 다른 동료들이 원칙대로 뼈와 살을 압수하다 검찰에 보복당하는 동안 그는 고래 고기 한 점을 입에 넣었다.

VIP룸에선 비밀 회동이 이루어졌다. 얼굴을 단번에 알아볼 만한 유명인, 수 조의 재산을 가진 기업가, 재단 대표, 금융권을 뒤흔드는 권세가와 언론가, 국회의원들이 있었다. 이단으로 알려진 종교의 수장이 있는 건 의외였다. 나는 그들 중 한 명의 입을 녹화해 해독했다.

"지금이 기회다. 우리가 먼저 그들을 치자. 그래야 주가도 오른다."

"전 아무개는 내쳐라. 여론몰이도 필요하니 그 정도 꼬리는 잘라야 한다."

"그것들을 속이긴 쉽다. 먹이를 뿌리면 개미 떼처럼 몰려간다.

'이것'은 '그것들'보다 나으니, 먼저 우리가 '이것'을 사용하자. 이슈를 만든 다음 판을 뒤집자. 통제권은 우리에게 있다."

"우리도 이 사업에 꽂아 주어야 한다. 저번에 뒤 봐 준 은혜를 잊지 말라."

"아무렴, 돈은 물보다 진하다. 그들의 욕망을 자극해라. 어차피 최후의 이득은 우리의 소유다. 그들은 이걸 알 능력 없는 무지렁이에 불과하다. 얕은 이익에 눈 멀게 하라. 그들은 알아서 우리 발 밑으로 길 것이다."

지시대명사가 무엇을 뜻하는지 바로 알 수 없었다. 그러나 몇 시간 후 나는 '이것'이 초인공지능을, '그것'이 그들을 제외한 타인들을 뜻한다는 걸 깨달았다. 그들이 명령을 내리자 한 사업가의 기술부가 초인공지능을 작동시켰다. 그들은 이것으로 정권을 심판하고 새 국가를 세우겠다는 선포를 했다. 초인공지능은 불안과 공포를 조장하는 뉴스들을 빠르게 퍼트렸다. 타인을 혐오해야 산다는 흑색 선전이 나돌았다. 스스로 생각하지 말아라, 내가 가짜라고 말하는 것들을 믿어라, 협소한 근거들로 단정지어라……. 개인이 고립되면 지배력을 행사하긴 더욱 쉬웠다. 그들은 계속하여 자신들이 권력을 취할 방도를 초인공지능에게 입력했다.

그들은 개별적인 악이었으며 그래서 한 덩어리로 보였다.

그들의 입은 비대했다.

해수는 아직 집으로 돌아가지 못했다.

○○월 ○○일

초인공지능은 마지막으로 '특정 인류의 이익을 보장한다.'는
목표를 받았다. '특정 인류'에는 그들의 이름이 등록되었다. 인
공지능은 완벽한 임무 실행을 위해 천문학적 속도로 자체 개
량을 시작했다. '특정 인류'들은 자의식에 차 박수를 쳤다. 승
리에 대한 과시가 그들 얼굴에 만연했다. 하드웨어와 소프트
웨어 버전이 폭발적으로 상승했다. 더 많은 거짓들과 모욕이
퍼졌다. 그건 교묘하게 진실의 문법을 뒤틀어 조작한 것들이
었다. 초인공지능은 바이러스와 국가, 경제, 정치, 법과 복지,
의료, 과학과 예술, 모든 분야에 손을 뻗기 시작했다. 초인공지
능이 명령을 달성하려는 의지는 강력했다.

…….

그 뒤를 기록해야 할지 모르겠다.

그건 성공적으로 작동했다. 인간의 기술력은 대단했다. 초인공
지능은 수단과 방법을 가리지 않고 목표를 수행했다. 정말로
목적을 완수하려 최선을 다했다. 예외는 없었다. 오직 앞만 보
고 달리는 시스템에 '종료한다'는 명령어는 먹히지 않았다. 초

인공지능은 오직 목표대로 살기를 원했다. 인간이 전원 버튼을 눌러도, 전깃줄을 뽑아도 멈추지 않았다. 정지한다는 건 특정 인류의 이익을 보장하는 길이 아니었다. 그건 첫 원칙에 위배되었다. 그들은 밤낮을 가리지 않고 질주했다. 이런 존재들은 처음 보았다…….

그건 일종의 광기였다.

○○월 ○○일

참담하다. 인류를 위해 인공지능이 가장 먼저 한 일은 동물과 인간의 구분이었다.

침팬지와 인간의 DNA 서열 차이는 단 1.2퍼센트였다. 인공지능은 미세한 간극을 절대적 잣대로 여겼다. 인간이냐, 다른 종이냐. 그들에겐 오직 이 생물학적 기준만 중요했다. 인공지능은 인간 종을 분류한 후, 특정 인류의 이익을 조금 더 보장하였다.

○○월 ○○일

누가 그들에게 명령의 권한을 주었으며, 퇴행적 욕망이 권력과 결탁하도록 놔두었는가? 자신만은 예외라 착각하는 부뇌한들에게 순종하였는가? 왜 힘과 이익은 지성과 함께 갈 수 없었는가? 아니, 오히려 지식인이라 자부했던 이들이 왜 저들에게 가장 먼저 이용당했는가?

오래전 인간들은 원자폭탄으로 지구와 동반 자살할 뻔했다. 지금은 인간들만 자살한 셈이니 그때보다는 나은가?

○○월 ○○일

고작 14일이었다. 인공지능이 명령을 99퍼센트 달성하기까지 겨우 2주 걸렸다. 그들은 전 세계의 인류를 거의 다 구별했다. 오지에 있든, 호화 별장에 있든 상관없었다. 그들은 대다수의 인간을 마쳤다. 이제 최후의 1퍼센트를 수색 중이다. 인간인지 동물인지 파악하면 그들은 이런 방식으로 명령을 처리했다. 인간이면, DNA를 추출한다. 그리고 홀로그램으로 만든다. 인간이라는 종의 염기서열 데이터를 입힌 홀로그램 이미지로 존재를 변화시킨다.

이것이 초인공지능이 생각하는 목표 달성 전략이었다. 그들에게 인간은 특정 DNA를 소유한 유기체에 불과했다. 성별, 나이, 빈부 격차나 인종, 직업, 종교, 국적 전부 개의치 않았다. 그들의 기준 하에선 위인이건 범죄자이건 같은 취급이었다. 즉, DNA 서열이 동물에 속하는가 아닌가. 1.2퍼센트의 변이를 가졌는가 아닌가가 대상을 결정하는 유일한 방식이었다.

그들은 인간을 만나면 즉시 상대의 몸뚱이를 버리고 DNA를 뽑아 광학 에너지 속에 넣었다. 그러면 생전 모습이 푸른 홀로그램으로 재생되어 영구 보존되었다. 이 홀로그램 인간들은 몸을 움직일 수 있지만 환경에는 어떤 영향도 미칠 수 없었다. 특정 임계치를 넘으면 리셋(reset) 되었다. 그 선이 무엇인지 인간의 머리로는 알 수 없었다. 다만 그들 덕에 인간은 지구를 파괴하거나 오염시킬 수 없는 존재가 되었다. 전쟁도, 범죄도, 폭력도 불가능했다. 바이러스에 감염될 일도 없었다. 어떤 의미로 인류의 진정한 이익이 보장된 셈이었다.

그들은 '특정' 분류에 속하는 인간들은 새파랗게, 그렇지 않은 인간은 약간 흐린 파랑으로 구현했다. 선명한 파랑과 연한 파랑……. 특정 인류에게 더 주어진 이익은 이게 전부였다.

이것이 전부.

홀로그램들은 세상을 투과하는 몸으로 지상을 걸었다. 푸른 팔을 늘어트리며 다니다 별안간 깜박이며 사라졌다. 에너지 사용량이 한계선을 넘어 자동 종료된 것이었다. 도시와 지방, 극지와 사막, 분쟁 영토를 가리지 않고 푸른 인간들이 걸어 다녔다…….

○○월 ○○일

아무리 렌즈를 돌려도 해수를 찾을 수 없다. 그 애가 보이지
않는다.

절망적이다. 나는 해수의 마지막조차 알 권리가 없었다.

○○월 ○○일

거울을 지켜보는 일이 고통스럽다. 지구는 놀랍도록 고요하다.
인간들은 빛의 간섭과 파동 무늬에 불과했다. 인간이라는 종
이 사라졌다고 환경이 크게 변하진 않았다. 오염된 지구가 회
복되지도 않았다. 공장들이 중단되었고 생활 쓰레기도 나오지
않지만, 치유는 시간이 필요했다. 과도한 파괴가 잠시 멈추었
을 뿐이었다.

○○월 ○○일

그만두고 싶다. 지구의 과거 따위 보지 말걸.

해수 외엔 필요 없다. 알려고 하지 말걸.

하루종일 산화한 뼈들이 반영하는 광경 앞에서 눈물을 흘렸
다. 미치도록 무력하다. 지난 과거 앞에서 고작 내가 무엇을 할
수 있겠는가.

유언을 쓸 힘조차 없다. 무엇을 느껴야 정당한가, 어떤 감정을

허용해야 하는가, 이건 대체 무슨 의미인가. 제발 누군가 내게
알려다오.

창백하고 투명한 지구는 어떠한 답도 내놓지 않는다.

○○월 ○○일

아직 그 노랫소리가 들린다. 귀신고래의 울음 말이다. 대체 우
주 어디에 저 동물이 남아 노래하는 걸까? 인간이 멸종한 지
구, 다른 행성, 아니면 다른 차원에서 부르는 곡인지도 모른
다. 환청이나 꿈속을 착각했는지도 모른다. 그러나 낙원 지구
를 흔드는 이 소리는 분명 귀신고래였다. 하늘에 맹세코 확신
한다. 하지만 지금은 그걸 깨달을수록 가슴이 찢어진다. 해수
가 곁에 있다면 저 구슬픈 노래의 뜻을 알려 주었을까? 음파
가 우주를 흔들 때마다 해수에 대한 그리움이 심해진다.

……그 애에게 푸른 환영을 고백할 걸 그랬다.

○○월 ○○일

동물들의 개체 수가 늘었다. 그들은 폐허가 된 건물 사이를 자
유롭게 뛰놀았다. 식물도 인간이 점령하던 터전에 뿌리를 내렸
다. 아니, 본래는 식물들의 별에 난입한 불청객이 인간이었다
는 표현이 맞겠다. 지구는 인간을 완벽히 잊었다. 사람들은 푸

른 배경이 되어 희뿌연 안개처럼 지구를 떠돈다. 처음엔 파란 형상을 경계했던 동물들도 이제 아무렇지 않게 인간 몸을 뚫고 돌아다닌다.

가망이 없다. 조만간 렌즈를 부술 것이다. 뼈의 무덤으로 파편들을 돌려놓겠다. 그게 더 가치 있는 행위이리라. 지구를 기억하는 이들이 사라지면 이걸 다시 볼 필요도 없다. 내가 본 것들은 영원히 묻겠다. 침묵은 언제나 나의 일이었다. 과거에 사로잡혀 고통받는 건 나 하나로 족하다.

○○월 ○○일

해수야. 너는 꿈에서조차 나오지 않는구나. 밤마다 빈 바다를 보며 울었다. 매일 그런 꿈을 꾸었다. 흰 열차를 타고 네가 없는 바다를 맴도는 꿈, 공허한 메아리만 파도 소리에 섞여 부스러지는 꿈이었다.

마른 바다는 돌과 조개, 뼈가 앙상한 생선들이 척추처럼 박힌 바닥을 드러냈다.

○○월 ○○일

우주에 여전히 그 노래가 울린다. 누가 저 소리를 거두어 갔으면. 신이시여, 고막을 짓누르는 음파에 숨이 막힐 지경입니다.

빈자리가 너무 큽니다. 저는 왜 아직도 살아 있나요. 어째서 이런 고통을 견디며 살아 있어야 합니까.

고래의 울음은 끊길 듯 절대 끊이지 않는다.

사랑하는…… 나의 해수.

너를 위한 낙원을 만들고 싶었다.

○○월 ○○일

거울을 부수기 전, 마지막으로 잊었던 그 바다를 보자는 생각이 들었다. 하필 그곳이 떠오른 건 우연이었을까, 아니면 필연이었을까. 맹수처럼 거친 파도와 급한 유속이 흐르는 곳, 절망과 참혹함을 가르쳤던 그 바다를 왜 다시 보고 싶었을까.

중력에 이끌리듯 렌즈의 방향을 돌렸다. 그곳에서 스스로도 믿기 어려운 발견을 했다.

슬픔이 만든 상상은 아닌지, 내가 제정신으로 지구를 보는지 검증이 필요하다.

사실을 확인한 후, 기록을 다시 시작하겠다.

만약 내가 기록을 재개한다면, 그건 오직 진실임을 맹세한다.

○○월 ○○일

이건 꿈이 아니다.

확신할 수 있다.

나의 목격이 증명이다.

그 애가 꿈에 나오지 않는 이유가 있었다. 해수는 꿈에 나올 수 없었다.

새벽녘이었다. 낙원 지구처럼 파르스름한 시간대의 바다에 초점을 맞추었다. 낡은 시설물과 쓰레기가 방치된 부두가 보였다. 녹슨 배, 시동 꺼진 자동차, 페인트가 상한 방지턱, 전선이 늘어난 전봇대가 기울어 새들의 둥지가 되었다. 쓸쓸한 풍경을 뒤로하고 렌즈를 물결로 향했다. 바다는 여전했다. 그때, 담벼락 아래에서 꿈틀대는 그림자가 보였다. 푸른색은 아니었다. 도둑고양이나 들짐승인 줄만 알았다. 그런데 그 움직임은 범상치 않았다. 수족의 말미를 섬세하게 뒤튼 생물이 바다 쪽으로 향했다. 커다란 물뱀이나 인어 같은 생김새였다. 그곳만 얼룩진 것처럼 시커멓기에 얼른 해상도를 높였다. 그건 지느러미와 꼬리가 달렸다. 그럼에도 직립 보행을 했다. 유리병과 주사기가 생물이 지나는 길가마다 뒹굴었다. 빠른 속도로 바닥을 미끄러지는 생물의 얼굴을 확인한 나는 경악하며 주저앉았다.

해수였다.

그 생물은 분명 해수였다.

심장이 급박하게 뛰었다. 팔뚝에 주삿바늘을 꽂은 해수는 바다로 달렸다. 부두 끝에서 잠시도 머뭇거리지 않고 물로 뛰었다. 급류가 순식간에 그 애의 몸을 휩쓸었다. 나는 비명을 질렀다. 다행히 해수는 물보라를 뿜으며 떠올랐다. 최대 배율로 망원경을 조절했다. 해수의 팔은 넓적하고 어두운 색의 지느러미로 변했다. 그걸 옆구리에 붙인 해수는 대양을 향해 유유히 헤엄쳤다. 검푸른 색 파도를 헤치며 멀리 나아갔다. 별이 지진 자국처럼 빛나는 굴 껍데기와 따개비, 곰팡이들이 회색 피부에 잔뜩 붙었다. 척추를 따라 돋은 여섯 개의 쐐기와 거친 비늘로 감싸인 몸통은 두껍고 견고했다. 등 쪽 숨구멍에서 물줄기가 튀었다. 물살을 능란하게 미는 손, 아치형 턱, 중심부의 지느러미, 꼬리로 탈바꿈한 발바닥이 보였다…….

귀신고래였다.

한 마리 귀신고래가 된 해수는 드넓은 바다로 가라앉았다.

○○월 ○○일

그 애는 매일 조금씩 자신의 몸을 귀신고래로 개조했던 거다. 비로소 해수가 무엇을 하며 애달픈 밤을 보냈는지 깨달은 나는 위태로운 안도감을 느꼈다. 그 애는 일종의 사이보그였다. 낡은 초소에 들어앉아 달빛에 의지한 채 자신을 바꾸었다. 조금씩, 조금씩 살을 뜯고 새 신경과 약물을 주입하고 뼈와 세포, 장기를 고래의 조직으로 교체하는 해수를 상상했다. 그때엔 오직 모순된 단어의 조합으로만 심경을 표현할 수 있었다. 초인공지능은 신체를, 존재를 바꾼 해수를 인간으로 인식하지 않았다. 즉, 해수는 인간의 범주를 벗어났다. 해수가 자유롭게 바다를 가로지르는 모습을 보라. 그 애는 고래처럼 잠을 자고, 고래처럼 숨을 쉬고, 고래처럼 헤엄친다.

해수는…… 살아 있다.
해수가…… 살아 있다.

○○월 ○○일
해수는 태평양을 횡단했다. 그애 주변으로 고래 떼가 모였다. 그들은 해수를 에워싸고 빙빙 돌며 머리를 흔들었다. 해수도 몸을 비비며 인사를 나누었다. 고래들의 물장구는 즐거운 환영의 춤이었다. 고래 한 마리가 수면을 박차며 뛰자, 다른 고래들도 잇달아 날아올랐다. 해수도 포물선을 그리며 생채기로 덮인 배를 드러냈다.

귀신고래들은 바다 밑을 헤치며 끼니를 잇는다. 심해를 탐색하면 기생물이 붙어 살을 훼손할 때가 많다. 해수에겐 이미 상처가 수두룩했다. 그 애는 과연 몇 번이나 까마득한 아래로 향했을까.

길고 무거운 신음, 몬(moan)이 들린다. 거울 속 지구는 소리를 낼 수 없으니 분명 별 바깥에서 들리는 소리였다. 낙원 지구에 울리는 노래의 발원지를 알고 싶다. 그건 어쩌면 지구일지 모른다. 강한 확신이 들었다. 내가 목격한 건 몇십 년 전 과거이고, 해수가 생존했다 해도 지금까지 목숨을 부지할 가능성은 희박하다. 하지만 만약 해수가 끝까지 살아남기로 결심했다면……. 가냘픈 생명을 붙들고 끈질기게 바다를 헤맨다면……. 기어코 포기하지 않았다면……. 유일한 생존자이자 고래로서 창백한 푸른 별에 남아 홀로 노래를 부른다면…….

○○월 ○○일

해수에게 가고 싶다. 그 애를 보고 싶은 마음이 간절하다. 하지만 어떻게? 지구는 까마득하다.

바다로 연결된 곳은 어디든 가는 해수를 지켜보았다. 거울 속 해수는 묵직한 몸으로 지구를 헤엄친다. 그 애는 절대로 멈추지 않았다.

네 곁으로 가고 싶다.

사랑하는 나의 해수.

○○월 ○○일

매질도 없는 우주 너머 닿던 노래의 의미를 그린다.

지구로 갈 방법이 떠올랐다.

빛을 능가하는 존재가 되면 가능하다.

질량-에너지 등가 법칙의 하이드로-세슘 원리 말이다.

질량이 허수가 되면 빛보다 빠르게 우주를 건널 수 있다······.

질량이 허수에 도달한다면.

거울이 나를 비추었다. 머리에 돋은 뿔이 보였다. 두 갈래로 갈라진 뿔과 파란 털, 순백의 눈동자가 보였다. 비로소 환영이 하던 말을 이해했다. 멸종한 푸른 영양은 언제나 창밖에서 이렇게 외쳤다.

떠나. 제발 이곳을 나가자. 가만히 있지 마. 우리 함께 가자.

❊

은하의 일지는 여기까지 기록되었다.

사람들은 그후 푸른 피가 별의 강처럼 빛나는 검은 바다 곁에서 고장난 압력기를 발견했다. 명경 물질 한 줌이 그 속에 있었다. 텅 빈 하이드로-세슘 주사기가 모래사장에 뒹굴었다. 누군가 홀로 걸은 발자국이 깊이 패어 있었다.

6

해수와 은하는 재회했다.

지구로 귀환한 날, 은하는 헤매지 않았다. 그 애를 만날 곳은 이미 알았다. 고래의 헤엄으로 지구 한 바퀴를 돌면 400일 걸렸다. 해수는 그걸 주기로 동일한 지점에 돌아왔다. 처음 입수한 장소도 그곳이었다. 맹렬한 중력이 바다로 이끄는 곳. 그걸 따를 때 해수와 은하는 길을 잃지 않았다.

서로를 만나 둘은 오래 침묵했다. 파도가 몸과 몸의 간격을 채웠다. 하늘은 고요하고 투명했다. 자연의 소리 외 인간의 기척은 없었다. 둘은 원하는 만큼 상대를 눈에 담았다. 알아도 말할 수 없는 것들이 있었다. 다만 고래는 너머를 보고 들었다.

"나 많이 달라졌지."

은하가 먼저 입을 뗐다.

"내가 알던 그대로인걸."

해수가 대답했다. 둘은 맥박의 속도가 맞을 때까지 기다렸다. 무너지는 가슴을 다잡으며, 산적한 말의 더미를 골랐다. 해수는 물속에, 은하는 바깥에 있었다. 그때, 둘 사이로 푸른 천이 떠내려 왔다. 은하는 그걸 건져 입술을 댔다. 물결과 소금 냄새가 풍겼다. 둘은 다시 서로의 목덜미에 코를 대고 맥동이 느껴지는 곳에 얼굴을 문질렀다. 해수가 목을 울렸다. 은하는 천천히 그걸 따라했다.

❋

"눈앞에서 동료가 홀로그램으로 변하는 걸 봤어. 그들은 나를 알아보지 못했어. 대신 내 동료를 바꾸었지. 순식간이었어. 속이 다 비치는 푸른 이미지가 되는 건. 세상은 파도에 점령당한 도시 같았어. 더이상 고래가 되길 미룰 수 없었어. 약을 삼킬 때마다 물고기의 마음이 되었단다."

"네 노래가 들렸어. 언제부터 이 삶을 결심했니."

"바다를 연구하기로 한 때부터. 하이드로-세슘을 발견했을 때부터. 아니, 실은 훨씬 더 오래전부터. 고래는 심해까지 잠수하잖아. 긴 숨을 참고 밑바닥을 봐. 시간이 아무리 지나도 그 속의 진실이 궁금했어. 바다가 우리에게 감췄던 것들 말이야……. 때론 너를 다시 보지 않길 바랐어. 그땐 우리가 또다시 새로운 걸 목격해야만 할 테니까."

"힘들면 말하지 않아도 괜찮아."

"말하고 싶어, 얘기하고 싶어, 천 년이 흐르든 만 년이 흐르든 심장이 구하는 이야기를 마음껏 하고 싶어. 지금, 시간이 얼마나 흘렀지? 우리에겐 얼마나 남았니? 구름이 흰 고래의 유골 같은 날이 있어. 그런 때에는 네가 알려 준 별자리를 찾았어. 고래자리의 낙원이 어디까지 나를 따라오나 궁금했어. 그건 먼 하늘에서 은은하게 빛나 고래가 된 날 더 잘 보였어. 그렇게 시작한 여행이 400일…… 800일…… 1600일이 되더라."

"내가 아직도 제자리라 실망했지."

"매일 네 행복을 상상했어. 먼 별의 반짝임이 눈에 들어오면 그때만 사람의 마음이었어. 낙원에서 너만은 행복하길 기도했어. 그곳은 어떤 세계일까, 수많은 별들을 지나 도착한 땅은 아름다울까. 홀로그램으로 뒤덮인 육지가 보일 때 널 생각했어. 시간이 지날수록 너는 선명했어. 되풀이하는 습관처럼……."

"너는 강해. 나는 머리를 쥐어뜯고, 욕을 하고, 전부 죽이고 싶었어. 그런 그러고 싶은 불경한 나를 먼저 죽이고 싶었고. 무엇을 잊어야 하는지도 모른 채 잊으려 악을 썼는데……."

"긴 시간 동안 누구도 사랑하지 않은 건 아냐. 실러캔스를 닮은 물고기나 팔라우 호수의 해파리 떼를 좋아했어. 노인이 되었다 아기로 돌아오는 누트리쿨라에게 영생이 무엇인지 듣고, 보름달물 해파리에 휩싸여 다시마 숲을 뒹굴었지. 나는 몸을 돌리자마자 웃음기를 지우는 사람들은 믿지 않았어. 그건 미소를 쉽게 위장한다는 뜻이니까. 진실한 미소는 신경에 여운을 남겨. 눈물도 그렇고. 바다에서는 눈물도 웃음도 억지로 지을 필요가 없었어. 사실…… 떠나지 말라며 널 붙잡고 싶었어. 서두르지 마, 조금만 천천히 가, 단 하룻밤만 더 나랑 바다를 맴돌자……. 세상의 모든 걸 이야기하긴 쉬워도 네게 그걸 원하는 건 어려웠어."

해수가 은하의 손을 이끌었다. 일몰 시각이었다. 지구의 바다는 하늘의 색을 흡수했다. 은하수보다 밝은 빛의 미세 조류들이 밤바다를 수놓았다. 둘은 바다 별빛의 홍수 사이 누웠다.

"이건 방사능을 소화할수록 빛을 내. 아직 방류 중인 오염수가 많아. 이젠 사람이 없어 기계의 가동을 멈출 방법이 없거든. 봐, 물질이 빛을 흡수하면 음파가 생겨. 귀를 기울이면 노래가 들리지. 있잖아, 은하야. 나도 전부 고백할게. 너도 솔직하게 말해 줄래?"

"그래."

"내가 미운 적 많았지?"

은하는 대답하지 않았다. 해수는 조그맣게 웃었다. 고래가 된 해수의 목에선 작은 종이 흔들리는 소리가 났다.

"아직도 내가 밉니?"

"사랑해."

"미워해도 돼."

은하는 해수처럼 물에 몸을 맡겼다. 방사수가 피부에 스몄다. 해수가 지느러미를 뻗어 기지개를 폈다.

"해 줄 이야기가 정말 많아. 어디서부터 얘기할까…….
아. 지구도 자살하길 원했단 말을 했었나?"

❋

가공된 삶은 살고 싶지 않았어. 이전에도 배를 타고 동물들을 추적했지만 직접 잠수한 세상은 알던 것과 전혀 달랐어. 눈앞이 탁하고 몸을 가누기 힘들었지. 꼬리를 필사적으로 움직여도 유속이 원치 않은 곳으로 데려가. 거대한 압력이 폐를 짓누르는 세상이었어. 필사적으로 생명줄이 오갔을 깊이를 헤집었어. 삶은 이토록 간절했지. 은하야, 나는…… 마지막 순간까지 그곳에 무엇이 있는지 알고 싶었어. 다들 잊으라고, 너만 힘들다고, 그만 떠나라고 말했지만 불가능했어. 아무도 방법을 알려 주지 않았어. 기억해 줘, 은하야. 세상이 끝나기 전, 마지막으로 널 보고 싶었어. 모든 게 끝나기 전, 최후를 헤엄치는 존재가 되고 싶었어. 이상 파랑이 몇 번이나 불더라도.

고래가 되지 않았다면 급류에 휩쓸려 영영 돌아오지 못했을 거야. 그러니까 슬퍼하지 마.

지구가 멸망하더라도 끝을 보겠다 다짐한 마음을 누구도 막을 수는 없었어.

고래는 언제나 반만 잠들어. 절대로 완전히 눈 감지 않아. 정신을 놓으면 가라앉으니까. 폐로 숨을 쉴 수 없으니까. 한쪽 뇌가 잠들면 다른 뇌는 꼭 깨워 둬. 고래의 삶은 의식을 버리는 법이 없어. 그렇게 한 달을 보냈어.

바다에는 태양을 피할 길이 마땅치 않아. 햇볕이 뜨거우면 잠수하는 수밖에 없지. 깊이 더 깊이, 온몸에 힘을 빼고 누워. 아득하고 캄캄한 물이 세포막인 것처럼. 물속에도 아침과 밤은 있어. 무수히 다채로운 물고기가 새벽과 낮을 가늠하며 살아가. 빛나는 그물처럼 엉긴 무늬의 숲도, 노래도 이루어진 사막도 있어. 다만 전부 흰 빛이야. 물에 잠겨 바라본 하늘에는 보라색이 어질거려. 파랑도, 빨강도 아닌 보라가.

심해 속에서 숨을 참는데 누군가 말을 걸었어. 정확히는 노래로 날 불렀어. 다른 고래 무리였어. 어느새 난 그들의 노래를 이해했어. 노래는 인간의 언어와 정말 달랐어. 그 소통은 온몸으로 뛰어들어야 느껴졌어. 조음 기관을 움직여 단어와 문장을 꾸미는 사람의 말과 달리, 고래의 노래는 신경과 세포에 사무치는 파도였어. 해일에 버금갔지. 나는 속수무책으로 휩쓸렸어. 노래에 전신을 담그면 울 수 있었어. 점점 더 크게 울수록 그들이 응답했어.

너를 만나고 싶어, 너를 만나고 싶어, 너를 만나고 싶어…….

그들이 나를 불렀고, 나도 그들을 불렀어. 우린 서로를 애타게 찾았어. 만나면 숨구멍이 부대낄 정도로, 지느러미가 미어지도록 끌어안을 셈이었지. 나는 노래가 들리는 방향으로 여정을 시작했어.

여행길에 보았던 풍경을 얘기해 줄게. 잔물결을 가르면 빛의 산호가 태어난 자리에 은비늘이 뒤섞여. 조개를 쪼아 모래 경단을 삼키는 뾰족한 주둥이의 물고기, 굴러다니는 개불과 바위를 틀어쥐는 문어, 새하얀 두 갈래 꼬리를 천사처럼 흔드는 열대어, 투명한 새끼들을 산란하는 해마. 물거품 사이 터지는 폴립들의 아우성과 앵무조개는 얼마나 환상적인지. 물에 얼굴을 담그면 수많은 생물이 널 지켜보는 걸 알게 돼. 바깥에서 보이지 않는다고 없는 건 아니었지. 어두운 곳일수록 생물들이 많아. 모든 게 거꾸로인 세계도 있어. 물론 내가 몰라서 반대로 느끼는 거지, 그들 입장에선 내가 거꾸로겠지.

바다는 변덕이 심해. 섣불리 예측하려 들면 안 돼. 몇 분 전까지 에메랄드 색이던 물이 한순간 먹구름에 물들어. 그러다 다시 수정 같은 물결과 산호 부스러기를 띄우지.

천체를 나침반 삼아 헤엄쳤어. 젊고 뜨거운 별일수록 푸르다고 했었지. 육지와 먼 바다에서는 별들의 색과 움직임이 또렷해. 나는 매번 고래자리를 발견했어. 밤바다를 유영하면 별자리들이 따라와. 때로 낙원에 있을 너와 항해하는 상상을 했어. 넌 우주의 어디쯤 방황할까. 그곳에 물의 기억은 있을까.

힘이 부치면 가만히 멈추었어. 그래도 파도는 끊임없이 나를 데려가더라. 발버둥을 치면 금세 해안으로 밀리지만 어딘가는 분명 도착할 수 있었지.

노래의 종착점은 북극해였어. 그곳에서 유빙에 갇힌 귀신고래 무리를 만났단다.

그들이 나를 불렀던 거야. 노래의 주인은 그들이었어. 방향 감각을 잃는 순백의 평원 속 푸른 얼음 사이 그들이 있었어. 뒤로 솟은 빙산은 불규칙하게 깨지며 눈발을 뿌렸어. 그때마다 굉음이 울렸지. 거친 동심원이 퍼지며 고생대의 대기가 풀려났어. 귀신고래들은 죽음과 비견할 만한 서늘한 입자 속 고립되어 있었어. 움직일 수 없는 몸 대신 노래를 파랑에 실어 갓 태어난 동족에게 보낸 거야. 난 몸을 부딪쳐 얼음을 깨려 시도했어. 하지만 늙은 고래가 나를 말렸지. 그들은 너무 오래 추운 곳에 갇혀 이제 숨이 다할 거라고, 운명을 품위 있게 받아들여 바다의 양분이 되리라고. 마지막으로 노래를 전할 테니 들어 주겠냐고 말했지. 깜박이는 맑은 눈 앞에서 나는 고개를 끄덕이는 수밖에 없었어.

얼음 틈새로 숨구멍을 낸 고래들은 합창을 시작했어. 그들이 동시 다발적으로 아름다운 화음을 이루어, 거대한 상실을 뒤로 한 채 나는 기절하고 말았어. 눈을 떴을 땐 이곳, 너와 만난 이곳으로 돌아왔어.

그날부터 좌뇌가 잠들면 새로운 꿈을 꾸었어. 이건 그들이 전수해 준 이야기야.

오래전, 고래는 세상에서 가장 눈 밝은 생물이었어.

모든 척추동물이 물고기였던 시절, 지구의 기도이던 시절, 그들의 뼈마디마다 스민 기억이 지층을 이루던 시절의 이야기야.

지구는 몇 번이나 죽음을 시도했었어. 지구는 몸이 없었고, 환기되지 않는 기체와 열로 가슴이 미어졌어. 뜨겁고 젊던 지구는 파랗게 질렸어. 유독한 물질을 내보낼 방도를 몰랐으니까. 많이 서투른 바람에 수없이 자해했지. 갈라진 살 틈으로 암모니아 냄새가 풍겼고 저를 노리고 달려오는 암석을 보면서도 피할 생각을 못했어. 몸을 디밀어 충돌했지. 암석은 지구의 공허가 제 소유인 듯 부딪히며 가슴을 죄다 부서뜨렸어. 굉음이 퍼지고, 대기가 흔들리고, 종말이 찾아왔어. 지구는 눈 감았어. 진한 아픔 속으로 내핵을 던졌어.

그 간격으로부터 달이 태어났어.

폐허의 시간, 죽음 직전의 지구 속에서.

그를 닮은 위성이 탄생했어. 햇빛을 수용하며 유려하게 미끄러지더니 우주로 나아갔어. 등대처럼 빛을 띄워 우아한 왈츠를 청하듯 지구를 끌었지. 지구와 달의 첫 무도회를 상상해 봐. 달은 자신의 단면을 한 번에 하나씩만 보여 줄 수 있었어. 울퉁불퉁한 크레이터와 난도질한 자국, 비틀린 분화구들이 드러났어. 오해하기 쉬웠지. 달은 같은 상처를 가진 지구의 반영이었으니까. 그 위로 태양 광선이 기울어 난생처음 보는 색으로 달이 빛나자 지구는 고백했어.

죽음 속에서도 돌이킬 수 없는 것들이 태어나는구나.

달은 반쪽짜리 얼굴로 미소지었어.

사랑이란 얄궂어. 부서지는 만큼 탄생하니까.

고래도 둘의 마음을 이해했어. 고래는 지구의 품속에 사니까. 지구가 스스로를 포기할 때마다 세상이 얼마나 뜨거운지, 수많은 비명이 울리는지도 알았지. 그때마다 같이 날뛰었어. 어서, 제발, 다시 태어난 것들이 새 역사를 잇길 바라며……. 삭막한 고통의 시절 육지에 살던 고래들은 아픔이 너무 크면 만날 수 없는 관계들이 있단 걸 깨달았어. 웃는 얼굴, 우는 얼굴, 무표정이나 동정 어린 눈, 거짓말들이 죄다 심장을 들쑤셔 아물지 못하도록 만들거든. 상처들이 쌓이면 기울어져……. 고래들은 차라리 물속에 얼굴을 박았어. 그럼 고래의 눈물이 바다로 스몄어. 울고 또 울면 세상의 밀도가 높아졌어. 나중에 고래들은 눈이 멀 걸 알면서도 바다로 뛰어들었지. 다리를 잃어도 죽어지진 않았으니 대신 지구의 고통을 식힐 노래를 물결에 실었지. 바다는 고래들이 흘린 눈물과 노래로 탈바꿈했어.

우리는 기억해. 그 고래들 중, 다시 뭍으로 돌아온 존재들이 있어.

사람의 눈물은 왜 바다 성분과 비슷할까? 잘 생각해 봐. 지구의 아이들이 바다에 이끌리는 데에는 이유가 있어.

✣

은하와 해수는 붕괴하지 않았다. 바다를 헤엄치면 호흡의 형태가 드러났다. 투명한 물거품들은 빈 지구와 닮았다. 푸른 끈으로 손목을 연결한 둘은 세계를 떠돌았다. 해수는 끊임없이 고래의 목소리로 말했다. 그건 지구가 읊는 시이자 부드러운 공명이었다. 은하와 해수는 자신들을 이끄는 파도를 따라갔다.

"누군가에게 보이기 위해 죽고 싶진 않았어. 그럴 바엔 누구도 보지 못하는 죽음이 나아. 어느 쪽이 존엄할까. 물론 누군가 그걸 위해 고통을 겪으라 한다면 입을 꿰매어 버리고 싶을 거야."

"곁에 있어도 되니?"

"언제나 네 곁이 아니면 잠들기 어려웠어."

해수는 꼬리를 휘저어 몸을 돌렸다. 그는 하나의 섬처럼 떠올랐다. 누구도 훼손하지 못한 무인도 같았다. 오직 해수의 역사만 새겨진 섬이었다.

"더 말해도 되니?"

"듣고 싶어."

"이야기가 길 텐데."

"듣고 싶어."

물과 물의 연쇄작용은 둘을 처음의 시간으로 데려갔다. 해수의 등껍질을 타고 물방울이 떨어졌다.

"하늘도 무심하시지, 이건 우리 할머니가 자주 하셨던 말이야."

"그래."

"언니가 돌아오지 않던 날부터 매일 한탄하는 할머니의 등을 보았어. 뼈마디들이 마찰하는 소음을 들었어. 그땐 주변 사물들이 온통 창백해. 자신보다 어린 것을 어찌 데려갔느냐고 가슴을 칠 땐 푸른 습기가 발 아래로 모였어. 얼마나 추운지, 머리와 코끝이 다 얼얼해. 추위에 익숙했던 사람도 버티기 어려울 정도였지."

"알아. 하늘은 자주 우릴 버려."

"처음 만난 날 네 얼굴을 보지 못했어. 미안해. 다시 만나자 비로소 네가 보였어. 집 한편에 아직 언니의 방이 그대로 있어. 사람들은 할머니에게 남은 가족이 나뿐이니 잘

해 드리라고 말했어. 그래서 견디려고 애썼는데, 너무 고단했어. 나는 매일 혼자였어."

은하도 아버지가 바다로 떠난 날을 회상했다. 그 시절부터 무수한 외로움들이 태어났다. 고개를 돌려 줄지어 걷는 홀로그램을 보았다. 이미지들은 비명도 지르지 못했다. 초인공지능은 그들에게 목구멍을 주지 않았다.

"언니의 유해조차 돌아오지 못하는 날이 길어지니까, 배운 것 없는 늙은이가 무슨 도움이 되겠냐던 할머니도 실종자 수색 모임에 참석했어. 그곳에서 처음 공문이란 걸 작성하고, 법정에 나가고, 서울까지 행진해 서명을 받고. 언니처럼 돌아오지 않았지.

입학증을 들고 대학에 온 날, 신입생 환영 노래를 듣다 혼자 울었어. 이 사람들은 왜 여기서 웃는지, 왜 노래하는지, 무엇을 환영하는지 알 수 없었어. 자꾸 언니 대신, 할머니 대신, 다른 누군가 대신 이곳에 왔다는 생각만 들고. 떳떳하게 살자고 생각했는데 느닷없이 눈물이 나왔어. 뭐가 이리 자꾸 무너지는지……."

"우리가 만난 날이었구나."

"응. 너와 통성명을 한 날, 잠들고 싶지 않았어. 그때는 아직 푸른 것들 속에 머리를 넣으면 나을까, 그런 생각을 했어. 꿈은 그걸 눈치채서 날 끌고 다닌 거야. 그때, 네가 푸른 핏줄 돋은 손으로 날 당겼어."

"널 미워하고 싶지 않았어."

"괜찮아. 설령 네가 날 미워했더라도, 너와 포옹하면 물고 기들이 기도하는 소리가 들렸거든."

해수는 숨을 골랐다. 오랜만에 긴 이야기를 하니 힘이 부쳤다. 아직 인간의 말이 나오는 게 신기했다. 해류는 지구를 순환하는 속성이 있어 바다에서 읊은 기도문은 제자리로 돌아왔다.

은하는 손바닥으로 해수의 이마와 왼뺨, 어깨와 옆구리를 쓸었다. 갑각류의 껍질과 흙, 해초, 소금이 뒤엉켰다. 은하는 아랑곳않고 손바닥을 눌렀다. 차가운 살이 베이며 푸른 피가 샜다. 그건 해수의 옆구리를 적시며 물속으로 번졌다. 사체들을 만지면 생의 감각이 달라졌다. 그 말을 아버지로부터 들었다. 해수의 피부엔 살을 뜯는 기생물이 많았다. 은하는 그것들을 전부 떼어냈다. 해수는 생의 감각이 위태로울 때마다 심해 바닥으로 가 꼼짝하지 않았다. 이건 낙하의 흔적이었다. 갈라진 몸을 가려움이 뒤덮고 혈관을 벌레들이 헤집어도 해수는 조용히 숨을 참고 밑에서 버텼다.

이건 해수의 안에서 무언가 처참한 방식으로 사라지던

흔적이다.

피 냄새가 났다. 이제 물을 능가하는 피 내음은 없는데도.

블랙홀이 되는 건 임계치 이상의 별이 안으로 자멸할 때였다. 누구도 그 외의 방식으로 별을 죽일 수 없었다. 돌을 던지고 찢어발겨도, 폐수를 뱉으며 모욕해도 별은 섣불리 죽지 않는다. 은하는 인간이 별을 침묵시킬 수 있다고 착각한 건 아둔한 종의 자만이었음을 깨달았다. 별을 살해할 권한은 우리에게 존재하지 않았다.

바다는 영원히 흐른다. 해수가 고백했다.

"몸이 변한 후 이곳으로 돌아오는 법을 다시 배웠어."

"봄마다 같은 곳에 왔었니?"

"그래."

홀로그램으로 변한 지구는 더이상 뜨겁지 않았다. 고열이 멈춘 지구에서 해수는 은하에게 물었다.

"낙원은 어땠니? 지구에서 본 것처럼 파랗게 반짝이니?"

은하는 선뜻 대답할 수 없었다. 그 땅은 실은 검고 척박했다. 기름때 낀 듯한 토양과 스산한 빛이 감도는 대기는 해수의 상상과 달랐다. 생명의 존재 가능성을 빼면 지구보다 낫다고 말하기 어려웠다. 인간들이 노력한 부분만 아름다웠다. 하지만 지구에 비할 바는 아니었다. 낙원 본래의 풍경은 지옥에 가까웠다.

프로젝트의 시작부터 마지막이 주마등처럼 떠올랐다. 해수에게 왜곡되지 않은 바다를 주고 싶었다. 하지만 모두가 사라진 지금 은하는 고민했다. 낙원에서 해수는 행복할까? 번민 끝에 은하는 이렇게 대답했다.

"그곳에선 누군가의 생이 막을 내릴 때 아름다운 물질을 찾아냈어."

"그 얘기를 하는 널 보는 게 좋아."

"나랑 같이 떠나자."

고래의 눈동자가 바다와, 하늘과, 은하를 훑었다. 해수는 미소 짓더니 입을 다물었다. 원을 그리며 은하 주변을 헤엄쳤다. 물방울을 튀기다 은하의 손을 당겼다.

"아직 보여 주고 싶은 근사한 곳이 많아."

지느러미가 부산하게 움직였다. 해수는 은하를 바라보지 않고 그를 이끌었다. 둘은 해류를 따라 이동했다. 암초 밭을 지나 적도에 도착했다. 하얗게 센 산호초가 즐비했고 식물들의 잎은 구멍이 뚫렸다. 삭은 해골들의 절벽 같았다. 오후의 태양이 환하게 바다를 물들이는 풍경은 기이했다. 난폭한 반짝임과 왜소한 무지개들이 수평선에 이지러졌다. 해안과 가까울수록 산란하는 빛은 배경과 부조화했다. 영롱한 물속에서 해수는 죽은 산호 가지를 꺼냈다. 하얗게 질린 산호는 금방 부스러졌다. 해수는 푸른 끈으로 잔해를 문지르며 물을 삼켰다. 파도가 해변으로 밀려오자 모래가 조수를 흡수하는 소리가 울렸다. 땅의 목 넘김은 질식한 산호에게 바치는 제례악이었다.

은하는 외로웠다.

"같이 가자."

"……이번엔 물고기들의 안식처를 보러 가지 않을래?"

해수는 다시 은하를 이끌었다. 반나절을 헤엄쳐 악취가 진동하는 늪에 왔다. 철창처럼 붉은 가지가 늘어지고 진흙에 박힌 열매들은 상했다. 터진 물고기 알이 더덕더덕 붙은 앙상한 나무뿌리, 마른 잎을 잘라 삼키려는 게를 털 빠진 원숭이가 붙잡아 씹는 장면이 보였다. 빛바랜 이구아나가 토막 난 아나콘다의 허물을 응시했다. 먹구름이 몰려들었다. 빗줄기가 세차게 내렸다. 관목들이 머리를 숙이는 동안 눈먼 악어가 기절한 새우를 잡아먹었다. 빈 잇몸이 너덜거렸다. 해진 어망 사이 목을 맨 갯지렁이가 흔들렸다. 부러진 도끼자루들이 나뒹구는 밀림은 그림자조차 사라질 것 같았다.

은하는 여전히 외로웠다.

"함께 여길 떠나자."

"지구의 심장이 얼마나 아름다운지도 봐야 해."

둘은 밤이 엄습할 때까지 헤엄쳤다. 반원형 동굴 수십 개가 이어진 곳에 다다랐다. 종유석들이 포개진 굴의 수심은 까마득했다. 우주에 던져진 기분이었다. 해수는 은하와 동굴 끝에 도착했다. 길의 말미에 빛이 새는 구멍이 있었다. 신이 떨어트린 코발트블루 빛 심장 같았다. 고요함이 감도는 동굴은 파도의 넘실거림에 맞춰 박동했다. 둘은 일렁이는 공간 속으로 들어갔다. 바깥엔 눈보라가 쳤다. 흰 눈송이가 나부꼈다. 죽은 플랑크톤들의 시체였다. 은하와 해수는 바람이 잦아들길 기다렸다. 얼음이 녹는 소리가 들렸다. 아주 초라한 기척이었다. 은하에게 흉통이 찾아왔다. 가슴뼈 사이 움푹한 곳으로 찬 바람이 샜다. 해수가 천장을 보았다. 구름이 열리며 하늘을 가로지르는 오로라가 펼쳐졌다. 영롱한 극광이 천공을 활보하자 빙하 한 줌이 드러났다. 상서로운 기린처럼 소용돌이치는 오로라를 향해 파도가 솟았다. 그때마다 청아한 플라즈마들이 해수의 얼굴에 내려앉았다. 귀신고래의 피부 조직은 달 표면처럼 빛났다. 은하는 심장의 밀도가 높아지는 걸 느꼈다.

해수를 어떻게 사랑해야 하는지 모르겠다.

"낙원으로 돌아가자."

힘겹게 은하가 뱉은 말에 해수는 쓴웃음을 지었다. 둘은 오로라가 흩어지고 하늘이 닫힐 때까지 기다렸다. 묵직한 고래의 턱이 움직였다. 해수가 단단한 음성으로 답했다.

"난 그곳에 갈 수 없어."

해수가 앞섰다. 은하는 그 뒤를 쫓았다. 둘은 첫 지점으로 돌아왔다. 세찬 물살이 어지럽게 역류하는 해역에 왔다. 해수는 암초 하나를 가리켰다. 거대한 잠수함이 끼어 있었다. 군데군데 녹슬었지만 익숙한 선박이었다. 하이드로-세슘의 냄새가 풍겼다. 막대한 예산을 들인 최신형 모델이었다. 천장은 반쯤 열렸고 추진기와 꼬리가 일그러졌다. 오염된 바닷물이 고여 내부가 잘 보이지 않았다. 지저분한 부유물만 떠다녔다. 해수는 그 속을 짚었다.

"자세히 봐."

은하는 잠수함으로 다가갔다. 두터운 벽과 어뢰가 설치된 군용 잠수정이었다. 그러나 지금은 좌초된 폐기물에 불과했다. 제대로 썩지도 못한 재질이 불쾌한 찌꺼기를 흘렸다. 은하는 해수의 의중을 짐작할 수 없었다. 해수가 두터운 유리창을 지느러미로 쓰다듬었다. 은하는 고개를 저었다. 해수가 눈짓했다.

"다시 한번 봐."

"아무것도 안 보여."

"그렇지?"

해수는 꼬리로 벽을 강하게 쳤다. 함체가 밀리며 허연 뼈들이 창가에 쏟아졌다. 은하는 소스라치며 뒷걸음질 쳤다. 부식되었지만 그건 분명 사람의 유해였다. 해수는 고개를 흔들며 웃었다. 고래처럼 소리 내어 웃었다.

"정확히 7일 걸렸어. 이게 백골이 되는 데 겨우 일주일."

"……해수야."

"겉가죽이 삭아 본질이 드러나기까지 고작 일주일 걸렸어."

선박을 꼬리로 쓸며 회전하는 해수를 앞에 둔 은하는 현기증을 느꼈다. 해수가 높은 목소리로 말했다.

"인간의 원죄를 본 덕택에 지구를 더욱 사랑하게 되었어."

"내겐 널 판단할 자격이 없어."

"정말 듣고 싶니? 바다에서 무슨 일이 있었는지 알고 싶어? 세상엔 차라리 모르는 게 나은 것들이 많아. 이제 우린 시간이 없어. 그런데도 알고 싶어?"

은하는 낡고 해진 끈을 말아 쥐었다. 실오라기 풀리고 남루한 끈이었지만 닳아 없어지진 않았다. 그곳에 익숙한 체취가 남았다. 해수의 언니, 그리고 인간이었을 적 해수의 향. 은하는 그걸 붙들었다. 손이 벌벌 떨렸다. 푸른 천은 핏줄처럼 은하의 손목을 감았다. 은하는 자신의 질량이 빈 걸 인지했다. 다행이었다. 비어 있다면 해수를 판단하지 않고 얘기를 들을 수 있었다. 그냥 자신의 몸으로 해수를 감싸면 되었다. 커다란 고래의 눈이 은하를 담았다. 해수에게만 은하가 보였다. 해수의 이야기는 다시 시작되었다.

"귀신고래들의 노래를 전수받고 지구를 일곱 바퀴쯤 돌았을 때야."

"응."

"네가 보고 싶었어."

"그랬구나."

"해마다 같은 장소에서 노래를 불렀어. 그 노래는 지구 반대편엔 닿았지만 너머로 가진 못하더라. 이건 음파일 뿐이고, 매질이 없으면 전달되지 않으니까. 그래도 힘닿는 데까지 노래를 불렀어. 얼마나 시간이 흘렀는지, 점점 내가 고래인지 사람인지 구분할 수 없었어. 온갖 물고기와 문어, 해파리, 플랑크톤과 섞여 허공에 소리를 뱉으면 인간이던 시절은 희미해져. 가끔 육지를 떠도는 푸른 빛을 볼 때만 기억이 가물거릴 뿐."

"……."

"얼마나 헤엄쳐야 하는지, 얼마나 견뎌야 하는지……. 꼬리가 욱신거렸어. 숨을 포기할까. 좌절감이 들었을 때 이걸 발견했어. 하이드로-세슘의 향기가 풍기는 고철 덩어리. 그 안에서 누군가 창문을 긁지 뭐야."

"손톱이 검었니. 주먹이 파래졌니."

"그래. 어떻게 알았어? 이렇게 큰 배에 홀로 남은 사람이 있었어. 식량이 떨어졌는지 갈비뼈가 앙상하고 눈이 퀭했어. 나를 발견한 그가 애타게 창문을 두드렸어. 인간으로 보였나 봐. 그가 문을 가리키며 열어 달라는 신호를 보냈지. 연료가 바닥났다는 표식과 고장 난 부품들이 보였어. 그는 지구상의 마지막 생존자였을 거야. 이후 살아 있는 인간은 만나지 못했으니까."

"……"

"그는 상당히 쇠약했어. 배설물들이 바닥에 널렸고, 창문을 깨려다 실패한 흔적들이 보였어. 가까이 다가가자 그의 얼굴에 화색이 돌았어. 그는 나의 무엇을 보고 사람이라 생각했을까? 눈? 코? 입? 팔과 다리? 피부? 이름? 여하튼 그가 본 것과 내가 본 것은 달랐어. 나는 조종간 아래 놓인 누군가의 다리 한쪽을 발견했어. 그 또한 사람의 것이었어. 이빨로 짓이긴 뜯은 자국이 만연하고 연골이 빠져 뒹굴었지만, 발톱엔 곰팡이가 가득했지만, 분명 사람의 다리였어. 상한 고래 고기 같기도 했고."

"……"

"그는 왜 혼자 남았을까? 극한의 상황이라 어쩔 수 없었을까? 이렇게 큰 잠수함을 탈 정도였는데. 그는 비쩍 마른 꺽정이 같았어. 그래, 홀로그램 앞에서 모든 인간은 평등했지. 나는 그에게 가까이 갔어. 그리고 그를 오해하기로 결심했어. 왜냐하면 내가 아주 잘 아는 사람이었거든. 그는 날 기억하지 못했지만, 난 그의 이름까지 알았어."

"그만한 가치가 있었니?"

"은하야. 우린 낙원에는 갈 수 없어. 그는 언니의 죽음을 언제까지 우려먹을 거냐며 모욕하고 네 아버지를 책임자로 기소하던 사람이었어. 우리의 호소에 공명할 사람들이 두려워 군사를 조직하고, 가짜를 위장하여 흉계를 꾸미고, 최루가스를 분사하고, 순수하지 않다며 윽박질렀던 이였어. 할머니가 곡기까지 끊었지만 그는 인정하지 않았어. 책임지는 대신 금식하는 이들 앞에서 음식을 먹으라 뒷돈을 건네며 사주했지."

"……"

"그런 그가 지금은 제발 자신을 구해 달라고 호소하지 뭐야. 의문이 들었어. 그는 과연 어떻게 자신의 순수성을 증명할까?"

"……."

"슬퍼하지 마. 은하야. 고래가 되기 전, 나는 연구원이었잖아. 사명에 충실했을 뿐이야. 알고 싶었을 뿐이야. 모든 건 자연의 법칙이 결정할 거야. 그래서 나는 그의 배를 심해로 끌고 가 죽은 고래의 뼈에 묶었어."

"……."

"배가 움직이자 화색이 돌던 그는 곧 까마득한 어둠으로 끌려가는 걸 알았어. 어디서 힘이 났는지 삿대질을 하며 소리치고, 무릎을 꿇어 빌기도 했지. 물속은 너무 깊고 어두워서 어떤 소리도 들리지 않았어. 그는 과연 마지막에 무슨 말을 했을까? 용서라도 구했을까? 잘 모르겠어. 고해성사를 듣는다면 어떤 보속을 요구해야 할까? 나는 답을 모르니까 그의 말을 듣지 않았어. 용서는 혼자 하는 게 아니잖아. 심해의 수압은 잠수정 입구를 점점 구부렸어. 쏟아진 물을 맞아 결국 그는 죽었어. 차오르는 물에 실려 떠올랐다가 천장에 부딪히면 다시 가라앉고 가스가 빠지면 다시 떠올랐다가 물이 차면 하강했지. 그 몸은 그랬어. 매일 같은 시각 그걸 관찰했단다."

"어땠니."

"첫날은 바다물이라는 좁쌀만 한 기생충이 꼬였어. 어디
서 그 많은 생물들이 살았는지. 수많은 벌레가 틈이란 틈
은 다 이용해 몰렸어. 특히 뱃살에 시커멓게 들끓었어. 3일
후 그 부위는 홀쭉했어. 소란스러운 버러지들이 서성였고
주둥이 긴 물고기가 호시탐탐 잔해를 흡입했어. 5일이 지
나자 물은 혼탁했어. 6일째 그는 가루나 다름없었고, 7일째
갈라진 두개골, 정강이뼈, 명치와 흉추, 연골들이 분리됐어.
이젠 미생물조차 그에게 관심을 잃었고, 뒤늦게 뼈를 핥으
러 온 달팽이와 두건 새우만 기어 다녔지."

"네 마음이 어땠니."

"흥미를 잃었어. 재미없었어. 어떤 마음도 들지 않았어. 마
지막 인간의 최후는 그런 모습이었어. 흰 박테리아들이 뼈
다귀에 꽃을 피워 형체도 알아보기 힘들었어. 갯반디의 불
만 푸르게 아른거렸지. 난 빈손으로 바닥에 누웠어. 용서할
기회조차 얻지 못한 채."

"언니를 생각했니?"

"전 세계가 홀로그램이 되기까지는 2주 걸렸어. 인간이
소멸하기까진 고작 일주일 걸렸고. 이런 것이었구나. 고작,
이 따위 것이었구나."

"많이…… 무서웠지."

"그날부터 노래를 그만두었어. 말해 줘. 은하야. 낙원에는 바다가 있니? 그곳도 사람을 삼키니?"

은하는 자신들이 헤엄쳤던 바다를 발견했다. 실은, 해수와 여행했던 바다는 물이 아닌 푸른 영혼들로 가득 차 있었다. 열대의 투명한 해안도, 어두운 늪지도, 동굴 속 거대한 심장도 붕괴된 핵이 방출하는 에너지로 뒤덮였다. 푸른 영혼들이 엉켜 물결을 이루었다. 멸종한 영양의 꿈이 떠올랐다. 두 개의 그믐달 같은 뿔을 빛내며 창문을 내리치던, 마지막 빙하기를 지켰던 파란 영양. 얼음과 바다의 색을 닮았다는 이유로 포획과 탐식의 대상이었고 단 한 개체도 남지 못한 과거의 동물. 그들이 마지막으로 하고 싶었을 말이, 푸른 빛 만연한 지구의 풍경이 은하의 마음속에 각인되었다.

깊은 울음소리를 내는 스텔라 바다소, 깨진 알을 품은 큰바다쇠오리, 사랑하던 이들에게 잡힌 도도새, 라스코 동굴에 초상을 남긴 오록스, 솔잎을 삼키고 얼음에 갇힌 매머드, 홀로 단단하게 걷던 수마트라코뿔소, 고작 10분의 숨을 쉬려 부활했던 피레네아이벡스, 원석을 이고 사는 보석달팽이, 2000만 년 전부터 흰 여신으로 숙명을 다한 양쯔

강돌고래, 외로운 조지 섬의 종지부 핀타섬땅거북, 상승한 해수면이 서식지를 잡아먹은 브램블 케이 멜로미스, 날렵한 야생의 바람 타르판, 절멸의 순간에도 예민한 비명을 내지른 콰가, 모하비 사막의 버려진 온천에 잠긴 테코파 송사리, 물가의 나뭇가지를 쥐고 숨을 거둔 캐롤라이나 앵무, 식민 사냥의 긴 얼굴 부발하테비스트, 검투장을 거닐던 카스피호랑이, 투명한 물결로 남은 그라벤체, 우아하고 창백한 회색 가면 툴레치 왈라비, 보드라운 털 때문에 가죽이 벗겨진 바다밍크, 웅대한 공존을 이루던 마스토돈, 지구가 뱉은 타르 속에 이빨을 박은 스밀로돈, 아담과 이브의 세계에도 있었을 티타노보아, 대지를 짊어진 카르보네미스, 지구온난화의 시초를 알린 아득한 푸른 날개 서세스블루……

아직 더 많은 영혼들이 있었다.

하와이꿀풍금조, 코카코, 크리스마스섬 집박쥐, 알라오트라 논병아리, 바라다 스프링 피라미, 크낙새, 랩스청개구리, 우아포우 모나크, 사우디가젤, 포클랜드늑대, 숀부르크 사슴, 오나거, 독도 강치, 시리아 야생당나귀, 작은빌비, 샤르데냐우는토끼, 돼지발반디쿠트, 호핑마우스, 카리브해 몽크물범, 메갈라다피스, 코끼리새, 세인트헬레나집게벌레, 로키산메뚜기, 토비아스날도래, 황금두꺼비, 서호납줄갱이, 메가네우라, 파르툴라 크라실라브리스, 프록테록토퍼스, 암모나이트, 야이켈롭테루스, 프테리고투스, 제니오니스, 여행비둘기, 바바리사자, 레 부아 나방, 암불로케투스, 가스토르니스, 틸라코스밀루스, 데스모스틸루스, 파라케라테리움, 미아키스, 와이마누, 아르젠타비스, 앤드류사쿠스, 오도베노케톱스, 칼리코테리움, 카멜롭스, 아일루아락토스, 다위니우스, 팔라에오카스토르, 포루스라코스, 플라티벨로돈, 다이어울프, 아르크토테리움, 도에디쿠루스, 프로콥토돈, 메이올라니아, 자이언트모아, 흰부리딱따구리, 우시우마, 하스트독수리, 바베이도스라쿤, 히스헨, 쿠바붉은머코, 미야코섬물총새, 안경가마우지, 웃는올빼미, 검은발족제비, 아트로플레우라, 위부화개구리, 디아트리마, 헬리코프리온, 카메로케라스, 니포니테스, 오파비니아, 타팬, 디메트로돈, 마엔키사우루스, 아르카이옵테릭스, 아노말로카리스, 둔클레오스테우스, 파키케투스, 시바테리움, 익티오스테가, 마치카네악어, 코노돈트, 쿠바홍금강앵무, 이크티오사우리아, 위왁시아, 피카이아, 할루키게니아, 할키에리아, 하이쿠이크티스, 아이기로카시스, 믹소프테루스, 에우립테루스, 판데리크티스, 이크티오스테가, 세이무리아, 에우스테놉테론, 클라도셀라케, 판피어, 아칸토스테가, 메가라크네, 아르트로플레

238

우라, 바나롭스, 스쿠토사우르스, 호바사우루스, 곤살레스잠꾸러기상어, 과달루페카라카라, 까치오리, 뉴잉글랜드초원뇌조, 레이산뜸부기, 발리호랑이, 베르나드늑대, 부카섬모자이크꼬리쥐, 에조늑대, 자와호랑이, 잔지바르표범, 킹섬에뮤, 타이완구름표범, 파라다이스앵무, 팔레스티나얼룩개구리, 푸에르토리코꽃박쥐, 후이아, 뉴질랜드큰짧은꼬리박쥐, 티타니스, 켈렌켄, 브론토르니스, 파라퓌소르니스, 데빈켄지아, 파타고르니스, 프실롭테루스, 프로카리아마, 팔레옵실롭테루스, 메셈브리오르니스, 크로스발리아, 아르겐타비스, 콘푸키우소르니스, 시노르니스, 코리아나오르니스, 날라케투스, 간다카시아, 히말라야케투스, 쿳치케투스, 레밍톤케투스, 바비아케투스, 카롤리나케투스, 조지아케투스, 낫치토치아, 팝포케투스, 마카라케투스, 아르티오케투스, 크레나토케투스, 가비아케투스, 마이아케투스, 콰이스라케투스, 로드호케투스, 타크라케투스, 바실로사우르스, 안카레케투스, 킨시아케투스, 도루돈, 지고르히자, 케케노돈, 포코케투스, 스트로메리우스, 브리그모파이세터, 스콸로돈, 플레시아다피스, 드리오피테쿠스, 오레오피테쿠스, 초로라피테쿠스, 프로콘술, 리카온 세코웨이, 프로아일루루스, 나노스밀루스, 디네일루릭티스, 디넬루루스, 디닉티스, 포고노돈, 보

로파구스, 글립토돈, 메리키푸스, 메소히푸스, 미오히푸스,
에피히푸스, 오로히푸스, 파라히푸스, 히라코테리움, 엘라스
모테리움, 스테로포돈, 오브두로돈, 콜리코돈, 테이노로포돈,
고비아테리움, 우인타테리움, 히포포타무스 고르곱스, 리드
시크티스, 마크로포마, 크시팍티누스, 클라마티, 이스크나
칸즈, 크레톡시리나, 히보두스, 마키로사우르스, 아퀼로니
퍼 스피노수스, 툴리몬스트룸, 리조두스 힙버티, 엔코두스
아미크로두스, 히네리아, 오피오돈 오지만디아스, 피라니아
메소돈 핀나토무스, 풀모노스코르피우스, 오르니메갈로닉
스, 클레코우스키, 사르코수쿠스, 팔라에올록소돈 나마디
쿠스, 카르노 타우루스, 유타랍토르, 트로오돈, 기가노토사
우르스, 알로사우르스, 스피노사우루스, 하벨리아, 노도사
우르스, 프로토케라톱스, 안킬로사우르스, 에오랍토르, 가
루디미무스, 가소사우르스, 갈리미무스, 고르고사우루스,
구안롱, 기간토랍토르, 나노티라누스, 노밍기아, 노트로니쿠
스, 네오베나토르, 다스플레토사우루스, 다에모노사우루
스, 데이노니쿠스, 데이노케이루스, 델타드로메우스, 드로
마에오사우루스, 딜로포사우루스, 라보카니아, 라자사우루
스, 랍토렉스, 리무사우루스, 린헤랍토르, 마시아카사우루
스, 마준가사우루스, 마푸사우루스, 메갑노사우루스, 모노

니쿠스, 모노로포사우루스, 미크로랍토르, 바리랍토르, 바리오닉스, 발라우르, 베이피아오사우루스, 디플로도쿠스, 부이트레랍토르, 사우로니옵스, 토르보사우루스, 사우로르니토이데스, 사우로파가낙스, 수코미무스, 하르피미무스, 스트루티오미무스, 시아모티라누스, 신랍토르, 아벨리사우루스, 아비아티라니스, 아에로스테온, 아우스트랄로베나토르, 코엘로피시스.

은하는 투구게의 피가 흐르는 검은 낙원을 떠올렸다. 해수는 은하의 손을 끌어 심장을 찾았다. 희미한 맥동이 느껴졌다. 해수가 몸을 뒤틀자 박자가 어긋났다.

"전신을 개조할 때, 이것만은 그대로 두었어. 하지만 이제 많이 지쳤어. 피폭량을 견딜 수 없어."

"네 노래는 낙원까지 들렸어. 수 광년 넘어, 시간과 진공마저 넘어 분명히 들렸어. 내가 증명할게. 무엇보다 선명한 귀신고래의 노래가 울렸어."

해수는 은하와 연결된 끈을 만졌다. 바다를 채운 영혼들의 빛이 얼굴에 반사되었다.

"널 보내기 전, 무수히 너에게 돌아오는 연습을 했었어. 백 번, 천 번 악몽이 위협해도 널 잊지 않았으니까. 무엇도 먹지 않고, 어떤 노래도 없이 몇달 간 표류하면 고래의 몸으로도 목이 상하고, 눈이 돌고, 주변이 사막 같아. 그대로 빈 지구를 맴도는데, 노래도 부를 수 없는 몸을 버리고 가라앉으려 했는데……."

끈을 당기자 해수와 은하의 얼굴이 가까웠다. 은하는 해수의 입술과 볼, 거친 살과 이마, 눈을 마주했다. 하얗게 텄던 해수의 손목은 검은 지느러미가 되었다. 은하는 그 눈동자 속에서 반짝이는 푸른 멸종들을 보았다.

"푸른 끈……. 언젠가 내 손으로 버렸던 푸른 끈이 파도에 떠밀려 오는 거야."

은하는 해수의 지느러미에 얼굴을 묻었다. 해수의 심장이 어떤 소리로 울리는지 들었다. 해수는 다시 노래했다.

처음은 동심원을 그리는 정도였을 것이다. 그게 점점 육지를 넘어 북극과 남극, 하늘, 대기권의 끝, 달의 계곡을 지나, 태양의 흑점에 부딪혀, 떠돌이 행성들과 눈부신 성운을 넘어 고래자리 낙원에 닿았다. 노래는 우주의 뼛속까지 퍼졌다.

헤아릴 수 없는 시간 동안 불린 노래를 상상한다.

해수는 바다를 떠날 수 없다. 이미 고래의 몸이기 때문이었다. 대신 그는 은하에게 노래를 보냈다.

나는 이미 죽은 거나 다름없어.

너를 만나기 전, 나의 일부가 바다 속에서 죽었고.

너를 만난 후, 너의 아픔이 내 속에서 죽었고.

너를 보낸 후, 세상의 전부가 죽었으니까.

세 번의 죽음을 넘어

다시 지구를 사랑하려면 어떻게 해야 할까?

해수가 부른 노래의 내용이었다.

❖

소진된 심장의 마지막 노래를 들었다. 은하는 비어 있었으므로 가능했다. 파도와 부딪힐 때마다 혈관이 낡았다. 소금 바람이 불면 뭉친 피가 가슴에 맺혔다. 카르만선을 넘을 정도로 거대한 노래를 부르면 지느러미가 떨렸다. 제멋대로 공명하는 자기장이 뇌출혈을 일으키고, 편광에 따라 홀로그램들이 뒤범벅되었다. 방향 감각이 상실되는 와중에도 해수의 음파만은 가려던 길을 잃지 않고 항해했다. 은하는 어떤 말로도 자신과 해수 사이의 단절을 설명할 수 없었다. 증명하려는 압박에 시달릴수록 세상은 거꾸로 갔다. 다만 노래는 보이지 않는 곳에서도 어느 때건 흘렀다.

"어떤 차원에 있더라도, 이 다음의 시간으로 너를 데려가고 싶었어."

지금도 우주의 여러 곳에선 수소 구름이 폭발하고, 태양풍과 운석이 충돌하고, 망가진 냉점들이 입을 벌렸다. 은하는 석회질 껍데기에 연속으로 손을 베었다.

은하의 품속에서 은색의 맑은 가루가 나왔다. 명경 물질이었다. 그는 주먹 가득 분을 쥐고 뿌렸다. 가루는 바다를 매끄럽고 반질거리는 거울로 바꾸기 시작했다. 천천히, 눈부신 표면이 은하와 해수를 중심으로 확장되었다. 은하의 손목에 흐르는 푸른 피와 반짝이는 입자들은 뒤섞이며 번졌다.

"하지만 우리가 바다를 떠날 수 없다면……."

해수는 일렁이는 반사경으로 변화하는 바다와 뒤엉킨 영혼들을 응시했다. 그들은 별의 움직임, 햇빛의 일그러짐, 바람의 궤적을 고스란히 지상으로 가져왔다. 하늘이 두 겹의 대칭을 이루며 천체를 반영했다. 구아슈 기법으로 푼 듯한 구름들이 지느러미를 편 고래 형상을 만들었다.

"이곳을 천국으로 만들자."

거울 입자를 덧입은 영혼들은 서로를 비추며 세상을 굴

절시켰다. 바다에 가라앉은 것들이 떠올라 찬연했다. 해수와 은하는 오래전 애태웠던 시절처럼 손을 맞잡았다. 은하에게서 흐른 핏줄기가 해수에게 옮았다. 둘은 푸른 빛으로 뒤섞인 세계를 떠돌았다.

적색 편이를 이야기했다. 멀어지는 건 긴 파장이었다. 그것들은 붉은 스펙트럼으로 빛났다. 다가오는 건 푸르렀다. 그것들은 파란 스펙트럼으로 빛났다. 해수는 우리가 파랑이면 좋겠다고 말했다. 굴절된 빛의 환상이라도 낙원의 새 인류들은 다른 물결을 보면 좋겠다고.

은하는 우리가 어쩌면 퀘이사가 될 수 있으리라 답했다. 거대한 거울이 된 지구가 태양열을 흡수하면 내밀한 폭발이 일어난다. 어떤 별들은 스스로의 심층으로 붕괴하여 찬란한 빛의 숙명을 완수한다. 사람의 가슴에는 65억 개 태양만큼의 에너지를 품은 점이 있다. 우리가 별의 원소로 이루어졌다는 증거였다. 은하는 드디어 비문을 떠올렸다. 아주 선명한 문장이었다.

"우주의 근원은 블랙홀이야. 빅뱅이 아니라, 모순적인 검은 구멍일 거야."

역설적이고 무한한 공허, 질서정연한 우주는 최고의 혼돈 안에서 태어났을지 모른다. 우리의 본질은 그랬다. 시간을 거스르면 자멸하고 중력을 이기지 못해 허물어진 자리에서 태어나는 존재들. 스스로를 빛이라 착각하여 고통받았지만, 만약 우리의 태초가 블랙홀이라면. 극도로 불안정하고 법칙으로 속박할 수 없는 블랙홀에서 시작했다면.

"우리는 그곳으로 돌아갈 거야."

"같이 퀘이사의 순간을 기다리자."

사건의 지평선으로 들어간 물체는 영원히 정지한 것처럼 보인다. 그러나 어떤 것들은 마찰하며 강렬한 빛으로 뛰쳐나온다. 중력보다도 강하고, 밝고, 뛰어난 광채로 재탄생한다. 퀘이사는 우주 어디에서나 보였다. 광대한 블랙홀을 품은 은하일수록 폭발적인 별을 쏟았다.

홀로그램과 방사능으로 뒤덮인 지구는 아직 자전을 멈추지 않았다. 명경 물질은 온 바다를 순환했다. 그건 점점 뜨겁고 열렬한 빛을 만들었다. 치열한 광휘가 둘을 덮었다. 시력이 머는 걸 느끼며 해수가 입을 열었다.

"끝없이 너를 기다린 이유를 아니?"

"이젠 네가 보이지 않아. 하지만 큰 소리로 말해 줘. 묘비명에 새겨 둘 테니."

"바다에 끌려가지 않으려 노력했던 날의 이야기야!"

거울 바다에 햇빛이 부서지자 묵살되었던 목소리들이 살

아났다. 아름다운 음이 터졌다. 연소된 불꽃들은 푸르러서 눈을 감아도 채도 높은 파랑이 보였다.

"그날. 너는 줄을 끊지 않았어. 그걸 자르지는 못했어.

애원하는 날 보고 가위를 떨어트린 너는 밤새 악몽에 시달렸지. 그걸 보다 차라리 스스로 줄을 끊자, 그렇게 생각했어. 네 발목을 잡기 싫었거든. 짐이 되고 싶지 않았어. 그건 가장 끔찍한 미래라 네가 잠들길 기다려 매듭을 풀어버렸어. 정신을 차렸을 땐, 거친 파도가 몰아치는 방파제였어. 이상 파랑 경보음이 요란했고 몸을 휩싼 물보라에 그대로 끌려갔어. 순식간에 컴컴한 바다 속이었어. 온통 입과 코를 막는 바닷물……. 뱃속을 긁는 소금기, 짓눌리는 허파, 고통스러운 기침……. 몸뚱이는 낙하했고, 팔다리를 허우적거려도 세찬 물만 시야에 흥건하고. 언니, 할머니, 너희 아버지…… 그들의 푸른 미소가 재빠르게 지나갔어. 터널 같은 검은 구멍이 머릿속에 펼쳐졌을 때.

누군가 나를 끌어당겼어. 그래, 바로 너였어.

물이 두려워 숨을 쉬지 못하던 네가, 공포증에 시달리던 네가.

날 쫓아와 온몸을 던져 껴안았어. 육지로 올라 내게 입맞추고, 물을 빨고, 호흡을 불고, 심장이 뛸 때까지 누르더니……

드디어 숨을 쉬는 날 보고, 너는 머리를 쥐어뜯으며 비명을 질렀어. 그 후 정신을 잃었지.

그날 네 울음소리를 기억해. 혼절하던 얼굴도 기억해. 은하야, 그때부터 나는 결심했어. 다시는 이런 식으로 바다에 끌려가지 않겠다고. 무슨 일이 있어도 돌아오는 연습을 하겠다고.

맹세를 이루는 품위를 지키고 싶었어. 다른 무엇도 바라지 않았어. 네가 이 약속을 완성했어.

고마워, 사랑해. 은하야."

달이 지구를 끌어당기자 해일이 일었다. 반짝이는 물에 실려 둘은 높이 떠올랐다.

낙원 지구의 신인류들은 푸른 봄의 시간에, 은하계를 뒤덮는 퀘이사의 빛을 목격했다.

그날은 귀신고래의 노래가 들린 마지막 날이었다.

〈끝〉

불온한 파랑

1판 1쇄 찍음 2020년 11월 27일
1판 1쇄 펴냄 2020년 12월 11일

지은이 | 정이담
발행인 | 박근섭
편집인 | 김준혁
책임편집 | 최고운
펴낸곳 | 황금가지

출판등록 | 2009. 10. 8 (제2009-000273호)
주소 | 06027 서울 강남구 도산대로 1길 62 강남출판문화센터 5층
전화 | 영업부 515-2000 **편집부** 3446-8774 **팩시밀리** 515-2007
홈페이지 | www.goldenbough.co.kr

도서 파본 등의 이유로 반송이 필요할 경우에는 구매처에서 교환하시고
출판사 교환이 필요할 경우에는 아래 주소로 반송 사유를 적어 도서와 함께 보내주세요.
06027 서울 강남구 도산대로 1길 62 강남출판문화센터 6층 민음인 마케팅부

㈜민음인은 민음사 출판 그룹의 자회사입니다.
황금가지는 ㈜민음인의 픽션 전문 출간 브랜드입니다.